愛しの 一個人吃太飽

高木直子的美味地圖

高木直子

陳怡君◎譯

為了尋找各地方的美食，
出發旅行去！

前言

我想問問大家，

在旅行當地看到名稱奇特的料理，

或者發現從沒見過的食物時，

你會非常感興趣嗎？

或是完全無所謂？

我是那種絕對會興奮得跳起來的人。

不論是在地美食、鄉土料理、

當地名產、特產、地區限定，

任何加上這些名稱的商品，我完全抵擋不住它的吸引力。

要到各地搜尋美味的在地好料，
於是我邀請夥伴一起同行，
我們走遍大街小巷，
就這樣一路飽嘗了各地方的美食佳餚。
這趟令人垂涎不已的貪吃鬼美食遊記，
敬邀大家一起來分享～!!

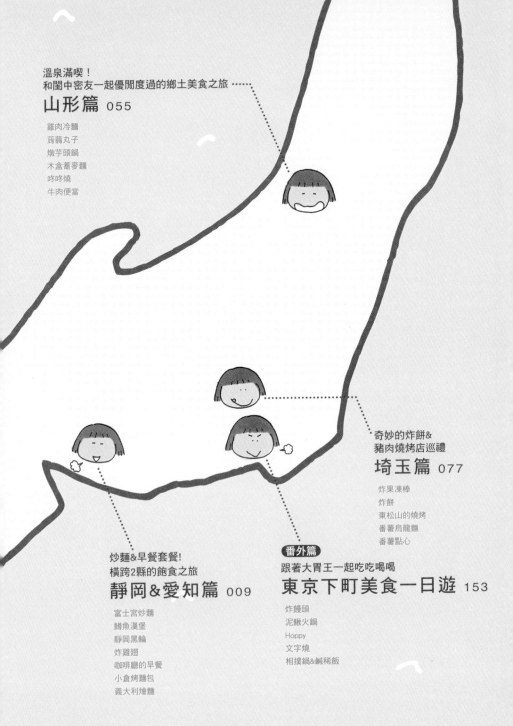

目次

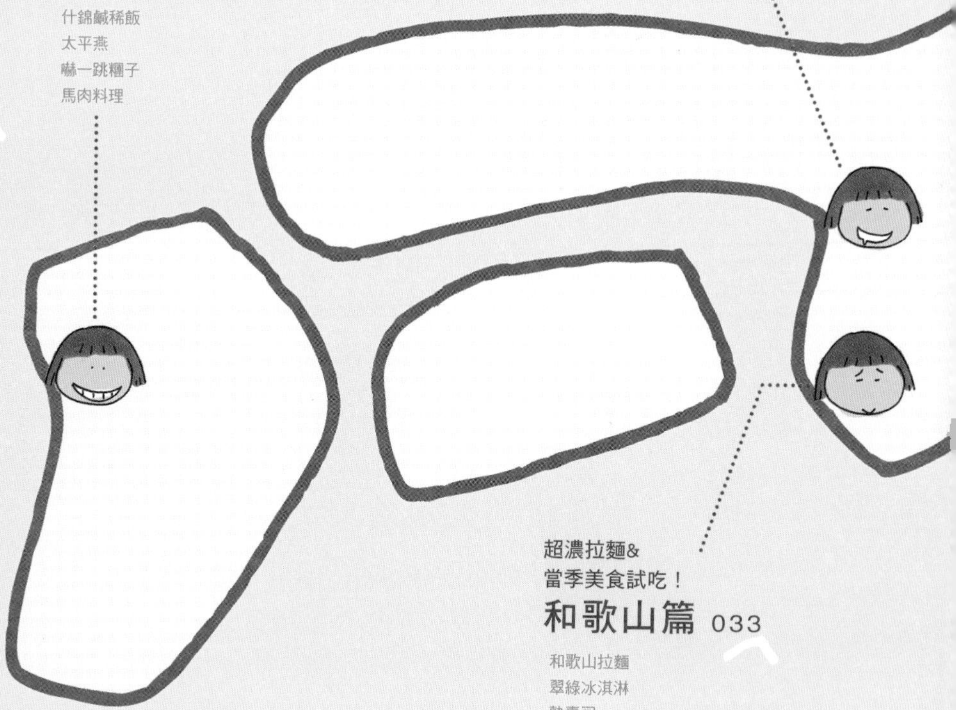

炒麵＆早餐套餐！
橫跨2縣的飽食之旅

靜岡＆愛知篇

富士宮炒麵
鱒魚漢堡
靜岡黑輪
炸雞翅
咖啡廳的早餐
小倉烤麵包
義大利燴麵

日本全國在地美食之旅，一開始先搭準備回大阪的友人的便車，前往靜岡與愛知縣！
這次的同行者
大阪當地人
熊男&熊惠
夫妻
之前打工認識的朋友
（2人剛好都長得有點像熊）
我們從東京出發，終於來到了靜岡縣富士宮市
負責開車 熊男先生
一進入富士宮市，到處都可見到這樣的廣告旗…
富士宮炒麵
沒錯…富士宮最有名的就是這個富士宮炒麵!!
聽說最近還有從東京發車的「炒麵快車」巴士往返此處，是相當著名的美食勝地…
炒麵
EXPRESS
單程約2500日圓
當我們抵達淺間大社旁的宮橫町時…
哇
太誇張了吧～
剛好遇上黃金周假期，所以這裡聚集了相當可觀的人潮…
人聲鼎沸
炒麵
丸子
炒麵
這一帶有好幾家富士宮美食店，我們從中挑選了2家買炒麵
我要炒麵～
給我炒麵～
人龍……
豬肉
分頭排隊去買

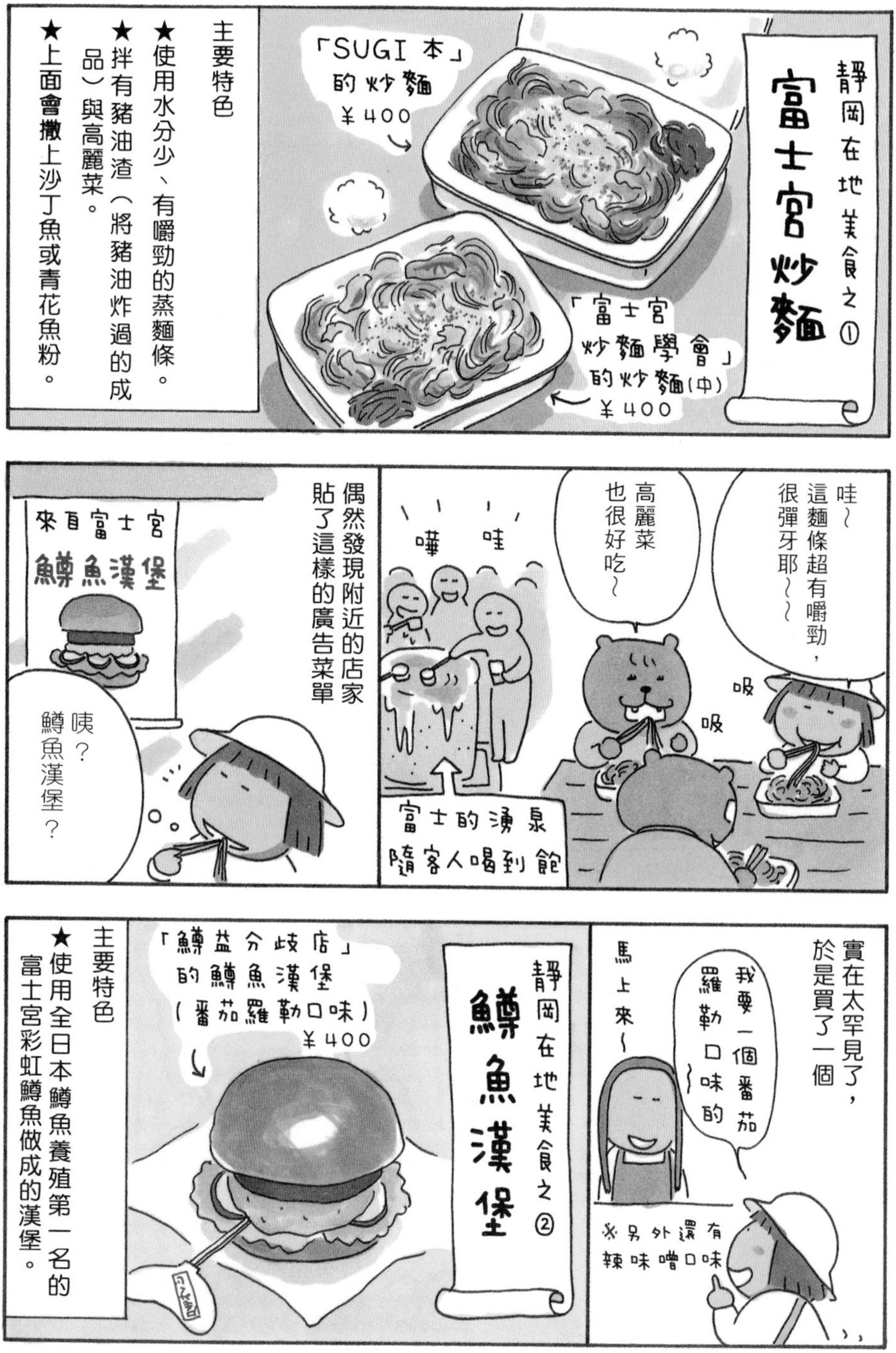
靜岡在地美食之①
富士宮炒麵
「SUGI本」的炒麵 ¥400
「富士宮炒麵學會」的炒麵(中) ¥400
主要特色
★使用水分少、有嚼勁的蒸麵條。
★拌有豬油渣（將豬油炸過的成品）與高麗菜。
★上面會撒上沙丁魚或青花魚粉。
哇～這麵條超有嚼勁，很彈牙耶～～
高麗菜也很好吃～
吸
吸
偶然發現附近的店家貼了這樣的廣告菜單
哇
嘩
富士的湧泉
隨客人喝到飽
來自富士宮
鱒魚漢堡
咦？鱒魚漢堡？
實在太罕見了，於是買了一個
我要一個番茄羅勒口味的～
馬上來～
※另外還有辣味噌口味
靜岡在地美食之②
鱒魚漢堡
「鱒益分岐店」的鱒魚漢堡（番茄羅勒口味）
¥400
主要特色
★使用全日本鱒魚養殖第一名的富士宮彩虹鱒魚做成的漢堡。

裡面包著炸鱒魚肉、生菜、酪梨，味道比想像中更好吃
義大利風～
哇，好吃耶♡
BEER
加點了啤酒
另外還附了一張「占卜籤」
喔
感情加溫
戀愛指數…
☆☆☆☆☆
BEER
之後又去了附近位在住宅區裡一家名為「前島」的店
炒麵
大阪燒
文字燒
點心
前島
2人體型都很高大
小不點
這家店不大，店面一半以上都是點心鋪…
哇，好懷念唷～
我小時候吃過這個耶～
哈哈哈
另外一半店面則是炒麵之類的鐵板燒賣場
炒麵
大阪燒
炒麵大阪燒
文字燒
拉麵
看起來好好吃唷～♥
店員只有一位
咻
本來也想在這家店吃炒麵，可惜小小的店面今天同樣排了長長的人龍…
我們時間不多，只好含淚放棄
炒麵
大阪燒
文字燒
點心
再見了～
嗚嗚……
前進的速度超慢

好不容易來到這裡，心想能多吃一家也好，但走到哪裡都人滿為患⋯⋯
炒麵
炒麵
已經沒啥時間了
天哪～
跑去附近的觀光諮詢站請求協助
請告訴我哪裡有好吃又便宜但人不多的推薦店家呀～
※請原諒我的無理取鬧⋯⋯
衝
衝
這樣呀～我知道有一家店，沒有招牌，一般人也不太會注意到
但做的料理很好吃喔
於是我們火速趕往這家「川西大阪燒」店
炒麵
大阪燒
找到了～
這家店一樣小小的，店裡就只有一位女老闆⋯⋯
歡迎光臨～
咻～
呵呵
常來光顧的在地人→
甚麼是炒麵大阪燒呀～？
炒麵
大阪燒
炒麵大阪燒
?
我們點了炒麵和炒麵大阪燒

當場現炒的炒麵實在太好吃了…
燙燙
呼
呼
肉片炒麵
¥430
炒麵大阪燒則是在大阪燒裡夾入炒麵
這個也很好吃耶~
這在關西叫摩登燒哦~
嚼
嚼
炒麵大阪燒
¥530
告別了富士宮，我們轉往靜岡市區
接下來要去吃的是靜岡黑輪!!
噗——
此時突然浮現起關於靜岡黑輪的回憶……
5年前曾經和友人一起到靜岡吃美食
哈哈哈
當時
靜岡的海鮮
就在我們大吃一頓後，經過一條稱為黑輪街的地方時
黑輪街
哇
即使肚子已經很撐，還是很想吃吃看靜岡黑輪…
香噴噴—
嘴饞的一行人衝進店裡
歡迎光臨
跑
衝

我們已經吃不下多少東西，所以很認真地討論要點些甚麼…
白蘿蔔
還有魚板……
馬上來～
黑輪菜單
端出
這是小菜魚片豆腐♡
請慢用～
登～場
上面鋪了生魚片的涼拌豆腐
這麼大……
!!
白蘿蔔
魚板
魚精
昆布
雞蛋
蒟蒻
這東西把我們僅存的胃部空間塞得滿滿的…
1人1盤
天哪～
嗚嗚
吃不下了……
接下來因為嘴饞硬要吃的黑輪變成記憶中的一場噩夢…
好痛苦……
啊……
已經記不太清楚了
之後在我們這一群人之間
魚片豆腐
哈囉～
哈哈哈
還曾經流行講這個字
所以這一次
要向靜岡黑輪雪恥!!
心裡是這麼想的啦…
我們這次一樣又很不小心地吃得飽飽的
呼～
這個人又跟來了
來到一家已經有90年以上歷史的「大烤番薯」
這家店除了烤番薯，還有黑輪、飯糰、天婦羅等各式各樣的菜色
大烤番薯
黑輪

雖然這家店的刨冰也很有名，但這時節還沒開始賣…
種類超多的
請問甚麼時候會開始賣刨冰？
嗯～～等天氣開始變熱的時候吧…
要看天氣的狀況
糖蜜番薯
我們這次只吃黑輪
3根的話應該還吃得下……
我想吃雞蛋耶——
自己選好後結帳
靜岡在地美食之③
靜岡黑輪
好像是念「shizuoka－oden」
「大烤番薯」的黑輪
1根大約￥60
黑色魚板
主要特色
★高湯是黑色的（湯汁裡長年都會加牛筋和醬油）。
★食物都以竹籤串起。
★裡面有黑色魚板。
★撒上海苔粉或調味粉後食用。
在靜岡市內的居酒屋或賣點心的雜貨店都能買到這種黑輪
真好吃～
黑輪很適合搭配刨冰吃耶…
冰涼～
熱呼～
嚼
嚼
吃了滿肚子黑輪的一行人繼續開車往愛知縣移動…
嗝
呼～
噗

抵達名古屋時天色已經全黑了
KKR HOTEL
名古屋是我學生時期與踏入社會時居住的地方
名古屋城
中日龍隊
名古屋雞
也可說是我的第二個故鄉哦!!
歡迎光臨♡
想起了以前經常在這一帶走動呢～
之類的♡
名古屋電視塔
就這樣一邊回憶往事，慢慢踱往有名古屋第一繁華街之稱的「榮」……
先在店裡飽嘗名古屋特產雞翅膀…
嘩嘩
風來坊
名古屋在地美食之①
油炸雞翅膀
「風來坊」的油炸雞翅膀
1份5根 ¥420
主要特色
★雞翅膀炸過之後沾裹甜辣醬汁，再撒上鹽、胡椒、芝麻。
★甜甜辣辣飄著香料味、口感硬脆的雞翅膀很適合搭配啤酒。

哇喔～
這胡椒的辣味讓人口水直流耶～
燙嘴……
配啤酒一口接一口停不住哩～
嚼嚼
大口
熊男先生看起來很能喝，但其實酒量並不好
還要2杯生啤酒～
來一杯烏龍茶
馬上來～
超愛喝啤酒
讓您久等了～
喔耶～
咚
咦？
咚
啊
咚
三個人當中，可能我看起來酒量最差吧
哇～
交換
交換
就我們三人來看的話……
我們就這樣在名古屋待到大半夜……
呵呵呵……
嘩
嘩
塞滿了啃完的雞骨頭……

到了隔天早上—
咕咕咕~
名古屋雞
大家早安!!
在名古屋，早上一定要去咖啡廳吃早餐套餐~!!
於是我們一大早就跑去咖啡廳
負責帶路
話說名古屋雖是我的第二故鄉但我從來不曾在名古屋迎接過清晨曙光，更別說吃早餐套餐了……
那麼~我帶大家去有提供早餐吃到飽服務的店家好了
網路情報
哇~吃到飽耶~
曾經從三重老家往返名古屋通勤
我們選擇了這家位在榮地下街的「CHAPEAU BLANC」
蛋糕特賣
早餐提供 8:00～11:30
點飲料時……
我要歐蕾咖啡
我要拿鐵
我要冰牛奶
不太敢喝咖啡
要附早餐嗎？
店員這樣問我們
回答說：「好的」之後…
讓您久等了~
端出……
奇怪？

可是～這上面不是寫說是吃到飽的形式嗎？
奇…奇怪了？？
東張西望
CHAPEAU BLANC的分店很多，有些分店並沒有提供早餐吃到飽的服務（例如這家）
不過…真划得來耶
只要點飲料就附贈這麼豪華的早餐!!
看錯資料了

＊目前所有分店都有提供吃到飽的服務了

名古屋在地美食之②
咖啡廳早餐
「CHAPEAU BLANC（榮南店）」的早餐組
水煮蛋
三明治
優格
麵包
冰牛奶
¥400
免費!!
主要特色
★只要點飲料就會附贈麵包或水煮蛋，或者提供吃到飽自助餐，又或者是飯糰或義大利麵，每家店提供的類型不盡相同。（※有時也有可能要另外再付費）
之後我們繼續到處找早餐吃
接下來去吃名古屋著名的小倉烤麵包吧
呵呵呵
但是…
啊!!
想去的那家店臨時歇業中…
BONDO CAFE
黃金周暫停營業
嗚～怎麼會這樣～～

往…往名古屋車站附近走去，或許也會有不錯的店家啦…
呵呵呵~
一邊講一邊尷尬地快步前行…
胡亂猜測
走著走著發現一家大排長龍的咖啡廳
咖啡的香味
咦!?那是甚麼？
這家店一樣只要點飲料就附贈麵包…
KAKO'S MORNING MENU
7:30～11:00
所有飲料皆附贈烤麵包
再加80元可加點小倉紅豆泥
而且還可加點小倉紅豆，於是我們便入店瞧瞧
這家使用的是自家烘焙的咖啡豆，麵包也是自己烤的
德式麵包剛剛出爐，您要點這款麵包嗎？
德式麵包？
好哇~
我還要加點小倉紅豆哦~
名古屋在地美食之③
小倉烤麵包
「coffee shop KAKO」三藏店的小倉烤麵包（德式麵包）
鮮奶油
加80日圓就可在早餐附的麵包上添加小倉紅豆泥
主要特色
★將奶油或乳瑪林塗在烤好的麵包上，再鋪上小倉紅豆泥。
★有些店會做成三明治的形式，將紅豆泥夾在麵包裡，又或者讓顧客自己隨喜塗在麵包上食用。

這個麵包比想像中更好吃
紅豆泥不會太甜，口味清爽又好吃!!
哇～
麵包也很棒～
滿足～
咖啡也不賴呢～
三人都吃得好滿足
之後的行程是名古屋市內觀光
嗚嗚……肚子好撐啊
滿肚子紅豆泥……
參拜了大須觀音…
啊～有早餐吃到飽的店耶!!
就在這裡～
早餐吃到飽♥只要點飲料，麵包、三明治、水煮蛋統統任你吃到飽
大須蒸糰糬 紅糰糬
甚麼是紅糰糬？
就是紅豆口味的蒸糰糬啦～
參觀了名古屋城…
是鯱鉾～
尾張的名古屋是個城堡呀……
到了中午當然要吃午餐囉!!
午餐！
午餐！
咕嚕～
緊接著要吃的是名古屋特產義大利燴麵!!
市內有好幾家店賣義大利燴麵，我們去的是歷史最悠久的老店「YOKOI」…
人聲鼎沸
義大利麵屋 YOKOI

這種義大利麵的風評好壞參半，因此我一直沒啥興趣
很久以前我老姊……
我不太喜歡耶～
是喔～
曾經這樣說過
不過聽說一些中年上班族很喜歡這種口味…
店裡的確以這樣的客層居多……
一個人來吃麵的大叔們
義大利燴麵分好幾種口味，我點的是最受歡迎的「米蘭鄉村」口味
米蘭鄉村是……
米蘭人（肉類）
＋
鄉村（蔬菜）
＝
米蘭鄉村
也就是說兩種都有
……的意思。
名古屋在地美食之④
義大利燴麵
「義大利麵屋YOKOI」的義大利燴麵
重點在這個紅色維也納香腸
附沙拉
米蘭鄉村￥900
主要特色
★以番茄為基底，加了大量胡椒熬燉而成，醬汁風味濃厚、口感綿密。
★與濃厚醬汁堪稱絕配的粗條。
吃了之後發現胡椒的後勁頗強…
好辣喔～
哇喔……
?
熊氏夫妻的表情相當令人玩味…
但沒想到我竟然還滿喜歡這氣味的…
哇……這麵好吃耶……
超愛這一味……
難道我的口味和中年大叔差不多…？我的名古屋美食之旅就在如此存疑的情況下結束了。

從車上眺望富士山

能看到富士山
真是太棒了♡

嘿
第一！

旅情
寫真館

沒想到還有這麼
時髦的鱒魚漢堡

富士宮炒麵

附占卜籤

負責開車的人就沒喝了。

豬肉串

炒麵神社

很可愛的小店
但沒誰去逛

炒麵大阪燒

好吃哦

沱在黑色高湯裡的靜岡黑輪

點一份三個人分著吃……。

要吃哪個才好呀……

烤番薯

在濱名湖附近兜風

可愛吧!?
鰻魚人偶♡

金色鯱鉾

走近一看，竟然這麼大一個耶……

實際的大小

旅情寫真館

超適合配啤酒的炸雞翅膀

義大利燴麵!!
我超愛的♡

這些統統免費提供!!

早餐巡禮

啾啾

鰻魚飯三吃

熱田蓬萊軒

名古屋有很多在地美食，之後我都會趁著回老家時繞過來吃一些好料的……。

打嗝

味噌豬排

碁子麵

位在車站旁的立食……

內含味噌豬排、炸蝦、天婦羅飯糰的套餐，是最具名古屋風的定食（沒吃）。

湯匙叉子

名古屋人的精神糧食!?壽賀喜屋拉麵

￥290

到處都看得到分店……

小壽子

啊～後悔～

忘記吃味噌烏龍麵了啦～!!

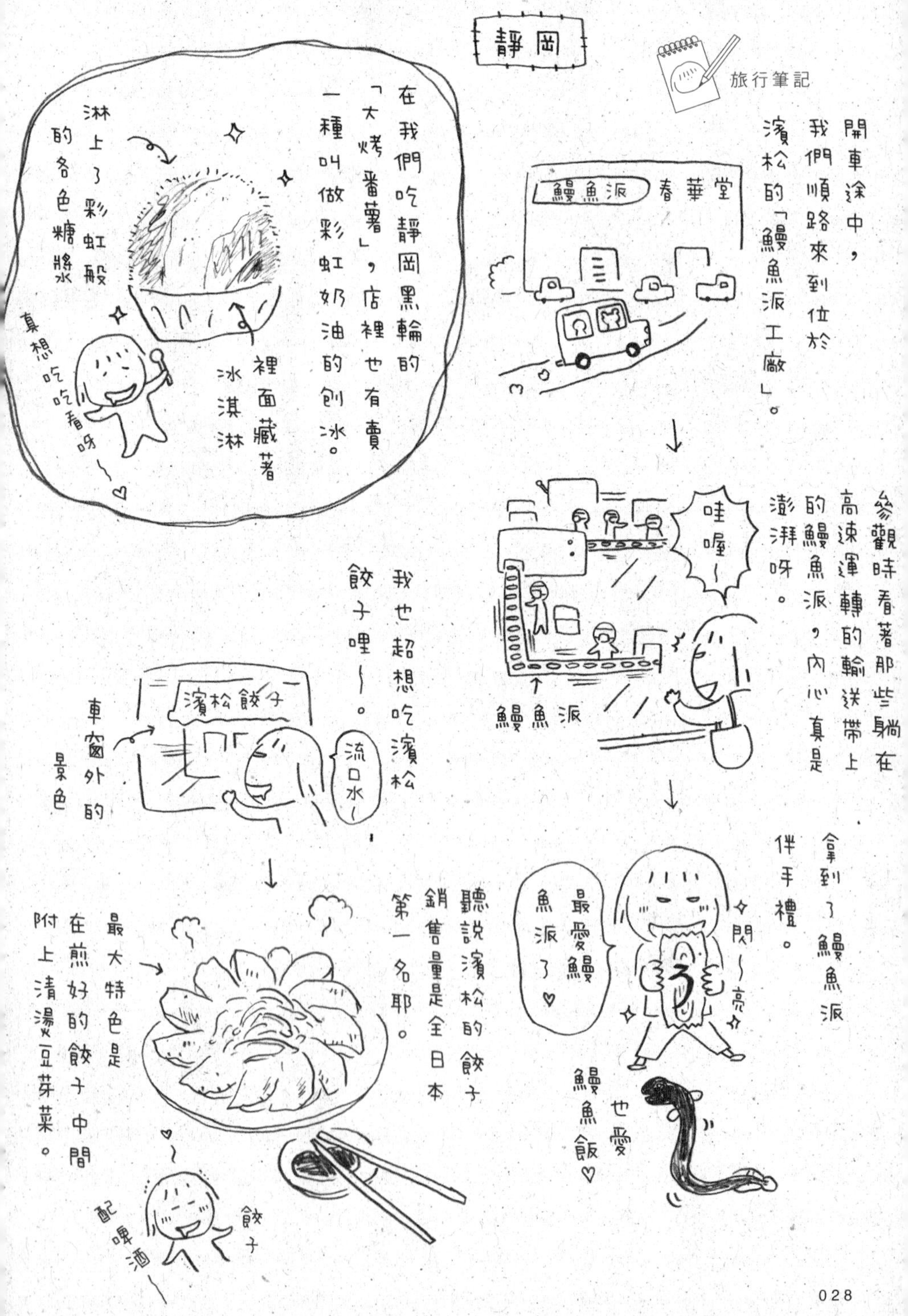

靜岡
旅行筆記
開車途中，我們順路來到位於濱松的「鰻魚派工廠」。
鰻魚派
春華堂
參觀時看著那些躺在高速運轉的輸送帶上的鰻魚派，內心真是澎湃呀。
哇喔～
鰻魚派
拿到了鰻魚派伴手禮。
最愛鰻魚派了♡
閃～亮
也愛鰻魚飯♡
在我們吃靜岡黑輪的「大烤番薯」，店裡也有賣一種叫做彩虹奶油的刨冰。
淋上了彩虹般的各色糖漿
裡面藏著冰淇淋
真想吃吃看呀～♡
我也超想吃濱松餃子哩～。
流口水～
濱松餃子
車窗外的景色
聽說濱松的餃子銷售量是全日本第一名耶。
最大特色是在煎好的餃子中間附上清湯豆芽菜。
配啤酒～
餃子

愛知
名古屋的咖啡廳提供的早餐套餐時段還滿長的。
早餐套餐
7:30～11:00
甚至有些店整天都有提供……
一整天都有早餐喔……
就算沒有套餐，只要點飲料，大部分都會附上堅果或小菜。
附贈品
當我還在名古屋上班，第一次跟老闆一起去咖啡廳時……。
請慢用～
為什麼會端出柿種花生…？
喀滋 喀滋
……心裡曾經有過這樣的問號。
來自東海地區的我基本上很喜歡名古屋這裡的口味。
帶甜味的重口味我超愛～♡
熊惠來自秋田
名古屋的炸雞翅真好吃～♡
咔嗞……
名古屋的特產也太多了吧……？
碁子麵
味噌烏龍麵
味噌豬排
鰻魚飯
燉牛筋
義大利燴麵
蒸麻糬
油炸雞翅膀
紅豆蒸麻糬
義大利麵
天婦羅飯糰
壽賀喜屋
小倉烤麵包
簡直就是在地美食天堂呀！

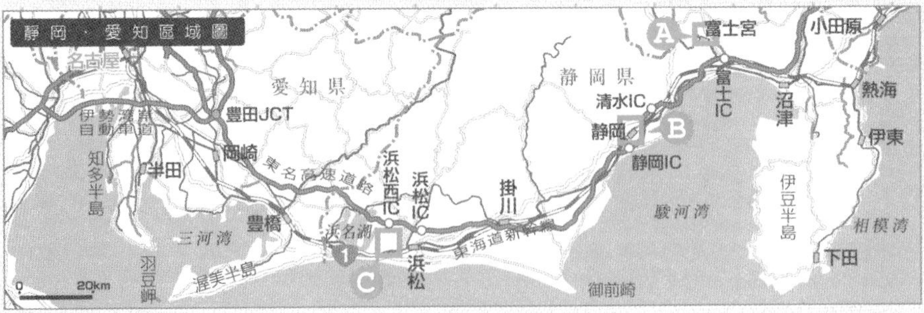
靜岡・愛知區域圖
名古屋
愛知県
豊田JCT
伊勢湾岸自動車道
岡崎
半田
知多半島
東名高速道路
浜松西IC
浜松IC
掛川
豊橋
三河湾
浜名湖
1
C
浜松
東海道新幹線
渥美半島
羽豆岬
0 20km
静岡県
清水IC
静岡
B
静岡IC
駿河湾
御前崎
A
富士宮
富士IC
小田原
沼津
熱海
伊東
伊豆半島
相模湾
下田

A

富士宮
0 100m
神田山神社
山神社
藤原記念館
浅間大社
湧玉池
市民文化会館
中央図書館
萬松院
よどばし
富士宮市
富士宮炒麵學會・直營店
富士宮炒麵專門店・SUGI本
鱒益分歧店
大頂寺
静岡
神田橋
26
中央町
平等寺
宗心寺
東小
前島
富士宮信金
富士信金
JR身延線
南神田橋
川西大阪燒
スルガ
神田川
長崎屋
富士急ホテル
富士宮市役所
高砂殿
富士宮
ニッピ
ジャスコ
富士ICへ

C

濱松市西區
JA
大久保南
JA
鰻魚派工廠
東神田川
浜松技術工業団地
浜松市
佐鳴湖
志都呂西
帰帆橋南
堀留川
とびうお大橋
JR東海道新幹線
高塚
257
JR東海道本線
0 500m

B

静岡
大烤番薯
アイセル21
草深橋
体育館
常葉学園高・中
文化会館
水落
鷹匠公園
市立病院
駿府公園
静岡市
日吉町
新静岡
県庁
静岡鉄道
警察署
赤十字病院
市役所
LEC大
江川町
JR東海道本線
松坂屋
パルコ
362
昭和通
パルシェ
1
静岡
JR東海道新幹線
0 200m

➡DATA

富士宮炒麵學會・直營店●
靜岡縣富士宮市宮町4-23　淺間大社前御宮橫丁內　☎0544-22-5341
http://www5.ocn.ne.jp/~saromiya/

富士宮炒麵專門店・SUGI本●
靜岡縣富士宮市宮町4-23　淺間大社前御宮橫丁內　☎0544-24-8272
http://www.teppanyaki-sugimoto.com/

鱒益分歧店●靜岡縣富士宮市宮町4-23　淺間大社前御宮橫丁內
☎0544-26-2197（小川莊）

前島●靜岡縣富士宮市矢立町195　☎0544-27-6500

川西大阪燒　●靜岡縣富士宮大宮町25-8　☎0544-27-5192

大烤番薯●靜岡縣靜岡市葵區東草深町5-12　淺間大社前御宮橫丁內
☎054-245-8862

鰻魚派工廠●靜岡縣濱松市西區大久保町748-51　淺間大社前御宮橫丁內
☎053-482-1765　http://www.shunkado.co.jp/home.htm

風來坊榮店●愛知縣名古屋市中區榮5-3-4 OKUDA大樓B1
☎052-241-8016　http://www.furaibou.com/

CHAPEAU BLANC榮南店●愛知縣名古屋市中區榮3-5-12（榮南地下街）
☎052-961-6094　http://www.bc-cake.com/

Coffeeshop KAKO三藏店●愛知縣名古屋市中村區　南1-10-9山善大樓1樓
☎052-282-3780　http://www.coffeekako.com/

愛知縣的純樸點心－鬼饅頭。上面布滿了番薯丁。

來名古屋一定要吃的蒸糰糬。

經過濱松時買的消夜點心。

名古屋的醬油團子又香又美味。

我搭了好友夫妻的便車，橫跨靜岡～愛知，完成了這次的美食之旅。

熱愛美食的三人組，看到每種食物都想塞進嘴裡，可惜剛好遇上黃金周假期，不論店家或道路都擠爆了人潮，加上我們甚麼都想吃，肚子撐得都快爆炸了…整趟旅程陷入一種手忙腳亂的狀況。（老實說我還想去吃濱松餃子，可惜沒時間…）

想要細細品嘗食物的箇中美味，看來還是得具備充分的時間和大肚量才行呀～第一次的美食之旅，讓我有了如此的領悟。

➡DATA
大須觀音　北野山真福寺 寶生院●愛知縣名古屋市中區大須2-21-47　☎052-231-6525
名古屋城●愛知縣名古屋市中區本丸12-1　☎052-231-1700　http://www.nagoyajo.city.nagoya.jp/
義大利麵屋　YOKOI住吉店　●愛知縣名古屋市中區榮3-10-11 三桃大樓2樓　☎052-241-5571
矢場豬排 名古屋車站加盟店●愛知縣名古屋市中區椿町6-9 ESCA地下街　☎052-452-6500
熱田蓬萊軒本店　●愛知縣名古屋市熱田區神戶町503　☎052-671-8686　http://houraiken.com/
壽賀喜屋 TERMINA店●愛知縣名古屋市中村區名　1-1-2 名古屋轉運大樓7樓　☎052-583-4792　http://sugakico.co.jp/

超濃拉麵＆當季美食試吃！

和歌山篇

和歌山拉麵
翠綠冰淇淋
熟壽司
目張壽司

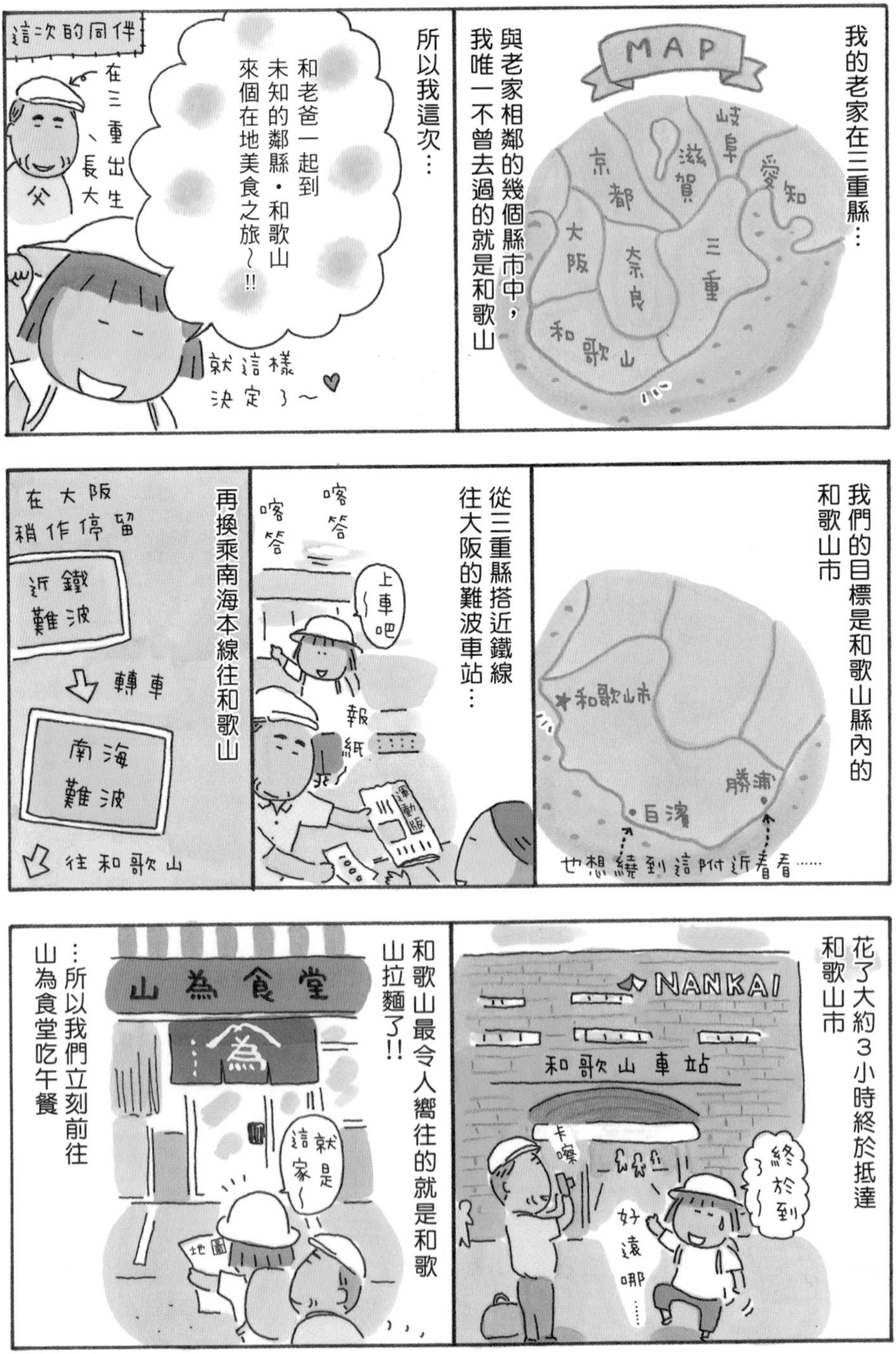
我的老家在三重縣…
MAP
岐阜
滋賀
愛知
京都
大阪
奈良
三重
和歌山
與老家相鄰的幾個縣市中，我唯一不曾去過的就是和歌山
所以我這次…
和老爸一起到未知的鄰縣・和歌山來個在地美食之旅~!!
這次的同伴
在三重出生、長大
父
就這樣決定了~♥
我們的目標是和歌山縣內的和歌山市
★和歌山市
勝浦
白濱
也想繞到這附近看看……
從三重縣搭近鐵線往大阪的難波車站…
喀答
喀答
上車吧~
報紙
運動版
再換乘南海本線往和歌山
在大阪稍作停留
近鐵難波
轉車
南海難波
往和歌山
花了大約3小時終於抵達和歌山市
NANKAI
和歌山車站
卡嚓
終於到了~
好遠哪……
和歌山最令人嚮往的就是和歌山拉麵了!!
…所以我們立刻前往山為食堂吃午餐
山為食堂
為
就是這家~
地圖

這家食堂的菜單內容琳琅滿目…
豬肉咖哩烏龍麵
豬肉烏龍麵
中華拉麵
丼飯
豆皮丼飯
雞蛋丼飯
豬肉丼飯
蛋肉丼飯
親子丼飯
白飯
醃漬小菜
但我還是點了
中華拉麵2碗～
失望……
沒賣啤酒喔……
還要白飯和小菜～
超愛喝啤酒
馬上來～
因為事先調查過這家店的拉麵「非常適合配飯吃」，所以另外加點了白飯
和歌山在地美食之①
和歌山拉麵
「山為食堂」的中華拉麵 ¥800
白飯 ¥100
醃白蘿蔔 ¥30
主要特色
★湯底為大骨醬油口味，但基本上湯頭分成兩派，一派是顏色較深的醬油高湯，一派是口感綿密溫和的大骨高湯（這家店屬於後者）。
★麵條為偏細的直麵，配料中會有魚板。
★在當地大多稱為「中華拉麵」。
乍看之下相當濃稠的湯頭，入口後大骨的濃香整個在口中散開…
哇喔口感好溫潤～
嗯～好吃好吃
吸吸……
由於湯頭和叉燒肉的味道相當濃厚，吃到一半時確實會很想配白飯
耶～好大片的醃白蘿蔔♥
柔～軟

和歌山拉麵的分量通常不多，這家店也是一樣……
麵碗也是小小的
一開始
分量少的話就能連吃2家囉~
是這樣想的啦……
嘿嘿……
結果因為湯頭很濃、多吃了許多白飯，把胃整個塞得滿滿的
謝謝光臨
我…我得休息一下……!
寄放行李後去參觀和歌山城
哇喔~
喜歡城堡
雖然登城只須爬幾個階梯，但因為天氣熱，爬得滿身大汗
艷陽高照
天哪~
好熱啊…
而且才剛吃完拉麵
呼~終於到了…我們先在那裡休息一下吧~
口渴了~
好吧~
販賣店
我在販賣店裡搜尋著冰淇淋時…
抽菸兼休息
奇怪?
發現了好東西
和歌山
POTATO
POTATO

清涼彈珠汽水
冰淇淋
翠綠冰淇淋
刨冰
翠綠冰淇淋…？
翠綠冰淇淋
刨冰
這就是翠綠冰淇淋
這個!?
因為從沒見過，決定買來試吃看看
老爸，我買了翠綠冰淇淋～
喔～
和歌山在地美食之②
翠綠冰淇淋
¥170
附玉米杯蓋
抹茶口味的冰淇淋
主要特色
★由和歌山市一家名為玉林園的綠茶店所製造，主要在和歌山縣內販售的抹茶冰淇淋。
主要在和歌山？
這個創於1958年、全世界第一個抹茶冰淇淋，讓人在大熱天裡也能品嘗綠茶的好滋味
爽口又好吃～♡
包裝上的圖案是一隻可愛的小鳥…
的冰淇淋
口感清爽
翠綠冰淇淋
鴨子？
不知道為甚麼，裡面附的紙巾上卻是這個圖案…
戴上～帽子
好可愛唷!!
我對這種可愛的卡通圖案毫無招架之力
緊～握

我們在城裡隨意參觀…
喔~
好可怕…
從天守閣頂層眺望整個和歌山市街景
♪
我老爸這個人呀，只要帶他去城堡和高的地方，他就開心了
很好應付啦
之後又到街上四處閒逛…
這個街名是甚麼意思啊~？
商店街→
東BURAKURI横丁
可能是搖搖晃晃地一直送出來的意思吧
經過調查後，原來是因為很多店家都將商品吊掛在店門口的關係
啊~!!發現翠綠冰淇淋的本店了!!
GYOKURIN-EN
玉林園
抹茶冰淇淋
翠綠冰淇淋
拉麵
↑明明是茶屋卻也賣拉麵
天色漸漸暗了…
肚子也開始有點餓了起來
喔耶!!我們接下來去吃第二碗和歌山拉麵吧~!!
第二家拜訪的是老店丸京
京
↑不過外觀已經重新裝潢成現代風了

雖然我們去的第一家店沒有提供，但聽說和歌山拉麵店賣的壽司非常好吃
事先預習
和歌山
旅遊手冊
甚麼～拉麵配壽司～!?
有些店提供的則是黑輪……
壽司好像都是擺在餐桌上，讓客人自行取用…
壽司
還有水煮蛋
結帳時再跟櫃台說吃了幾個
事先查過資料
我們也很期待這家店的壽司…
興奮
興奮
歡迎光臨～
桌上只有雞蛋和飯糰
唔～
而且只有1個
咦？
請問…壽司…
喔
抱歉，今天的壽司剛好都賣完了～
驚
甚麼～
我的「在拉麵店吃壽司」之夢瞬間幻滅…
沮喪……
……
哇，這家店有賣啤酒耶!!
老爸只要有啤酒就開心了

我點了中華拉麵，
老爸吃的是蔥花中華拉麵
耶～
久等了～
哇
我當然也喝了一點
蔥花中華拉麵
¥700
中華拉麵
¥600
哇哈～
這家店的湯頭屬於
2大類湯頭中的「醬油湯頭」…
喔♥
味道很棒～
吸～
湯頭的醬油味
也確實比上一家店來得重
老爸的反應是…
ㄟ!?
吸……
這味道不賴嘛!!
在我老爸的辭典裡，
「味道不賴嘛」
已經是最頂級的讚美詞了
連「味道不賴嘛」都蹦出口囉～
超愛的
吸吸～
哇喔～
吃完離開麵店後…
拉麵和啤酒真是絕配呀～
對呀，口味真的很搭～
繼續在街上閒逛…

經過了一家賣和歌山名產「熟壽司」的壽司店
紀州名產 熟壽司
彌助壽司
因為剛剛在拉麵店沒吃到壽司，我們決定在這裡買壽司回旅館吃
嗯～我要…外帶熟壽司還有海苔捲壽司～
好的～
紀州美味
熟壽司
鯛魚壽司
鯖魚壽司
海苔捲壽司
秋刀魚壽司
呵呵呵…您是來這裡旅行嗎～？
是啊～我們從三重縣來的
和女兒一起
這是我第一次吃熟壽司，心裡滿期待的～
啊～您是第一次吃熟壽司啊!?
不曉得您會…吃得習慣嗎…
它的口味很重，很多人都不敢吃耶…您要點嗎？
還是算了？
尤其是現在天氣這麼熱，壽司都完全熟成了
經過熟成所以稱為「熟壽司」
想像圖
彼此都很「熟」稔
好乖唷
緊抱～
別擔心，請務必讓我試試看熟壽司!!
Let's 挑戰

買好的壽司先暫時放在旅館裡…
好期待這些熟壽司唷～
壽司
我們到旅館附近一家名為「本町溫泉　夢想乃湯」的溫泉浴池
天然湧泉
夢想乃湯
天然溫泉
老爸不習慣在旅館的現代化浴室洗澡
在這家溫泉泡湯只要390日圓，非常便宜，溫泉水顏色相當濃，整個溫泉區非常大，感覺很划得來
2F
三溫暖
浴場內還有樓梯
我第一次泡這種湯耶～
深咖啡色的溫泉水
住附近的人似乎將這裡當一般的聚會場所
你這髮型不錯耶～
我跟設計師說要剪跟大竹忍一樣的髮型啦～
呵呵呵
常客們
呼～
泡完湯要回去時順路在便利商店買啤酒…
請給我3罐～
還要和歌山的梅酒沙瓦～
紀州梅
回到旅館馬上攤開剛才買的熟壽司…
呵呵
壽司
開始我們的消夜啤酒餐

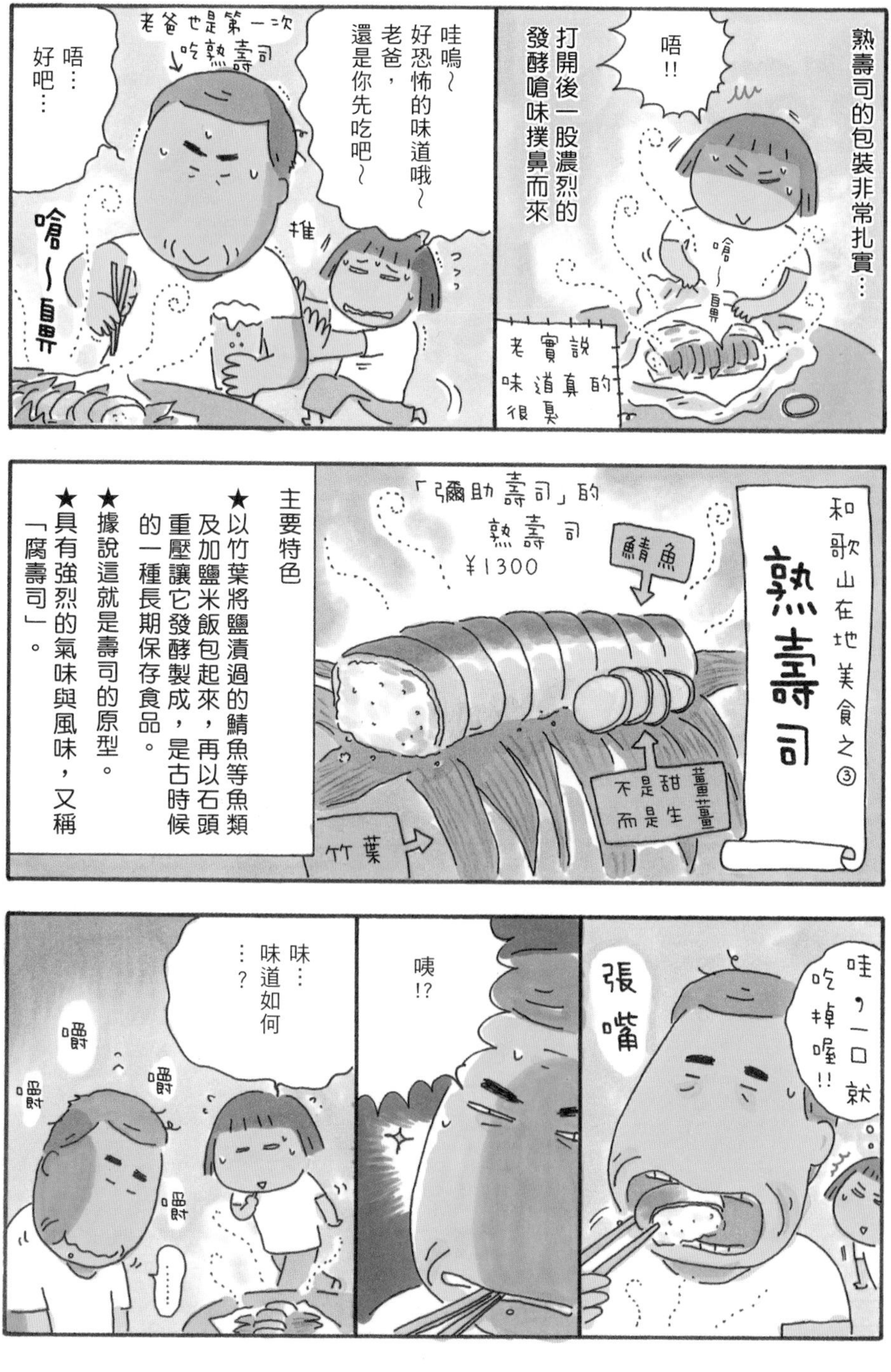
熟壽司的包裝非常扎實……
打開後一股濃烈的發酵嗆味撲鼻而來
唔!!
嗆~鼻
老實說味道真的很臭
哇嗚~好恐怖的味道哦~老爸，還是你先吃吧~
推
老爸也是第一次吃熟壽司
唔…好吧…
嗆~鼻
和歌山在地美食之③
熟壽司
「彌助壽司」的熟壽司
¥1300
鯖魚
不是甜薑而是生薑
竹葉
主要特色
★以竹葉將鹽漬過的鯖魚等魚類及加鹽米飯包起來，再以石頭重壓讓它發酵製成，是古時候的一種長期保存食品。
★據說這就是壽司的原型。
★具有強烈的氣味與風味，又稱「腐壽司」。
哇，一口就吃掉喔!!
張嘴
咦!?
味…味道如何…?
嚼
嚼
嚼
嚼
……

嗯!!
好吃!!
吞下
可是在一旁偷看的女兒
好吃～
卻覺得老爸的眼中透出一股異樣!!
很愛在女兒面前逞強
既然決定要吃，我也只好鼓起勇氣把壽司送進嘴裡
怕怕～
從頭到尾只覺得味道超臭
擔心
害怕
緊張
迅速將它塞進口中，只覺得滿口都是
張嘴
嗚
意料中的濃烈氣味…
嗆～鼻
雖然調味料只使用鹽巴，卻覺得滿口都是酸味
哇嗚～
嚼
嚼
嚼
古代人儲存食物的智慧實在太驚人了呀～
喜歡熟壽司的人就是愛這股嗆鼻味道
嚼
嚼
有些人甚至將它放在身邊慢慢品嘗
掉
掉
生薑
聽說也很適合下酒

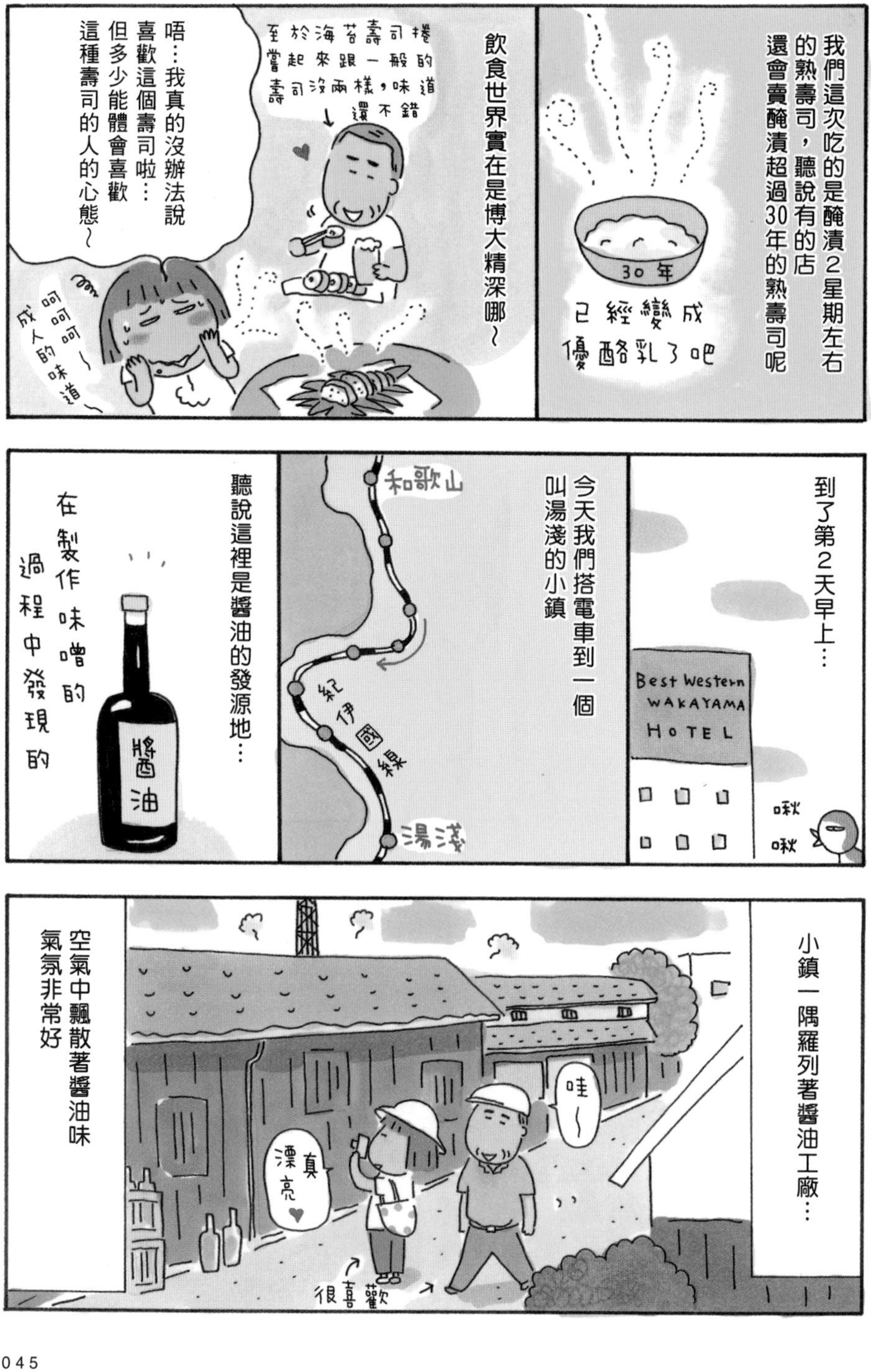
我們這次吃的是醃漬2星期左右的熟壽司，聽說有的店還會賣醃漬超過30年的熟壽司呢
30年
已經變成優酪乳了吧
飲食世界實在是博大精深哪～
至於海苔壽司捲嘗起來跟一般的壽司沒兩樣，味道還不錯
唔…我真的沒辦法說喜歡這個壽司啦…但多少能體會喜歡這種壽司的人的心態～
呵呵呵～成人的味道～
到了第2天早上…
Best Western WAKAYAMA HOTEL
啾啾
今天我們搭電車到一個叫湯淺的小鎮
和歌山
紀伊國線
湯淺
聽說這裡是醬油的發源地…
在製作味噌的過程中發現的
醬油
小鎮一隅羅列著醬油工廠…
哇～
真漂亮
很喜歡
醬油
空氣中飄散著醬油味氣氛非常好

我們在其中一家店買了幾瓶醬油…
這瓶和那瓶～
接著搭電車繼續移往紀三井寺參拜
許願勺子也有賣哦
全家平安
不愧是一家之主!!
回到和歌山車站後決定去人氣超旺的井出商店吃拉麵做個完美ENDING
哇，好多人排隊喔～
中華拉麵專家井出商店
井出商店
人龍～
排了一陣子進入店內…
喔
終於在這家店與壽司相遇了
雞蛋 50
壽司 150
早壽司
壽司有3種口味
哇，老爸，是目張壽司你也要吃嗎～？
中華拉麵 500
東張西望
好像沒賣啤酒～
嗯…

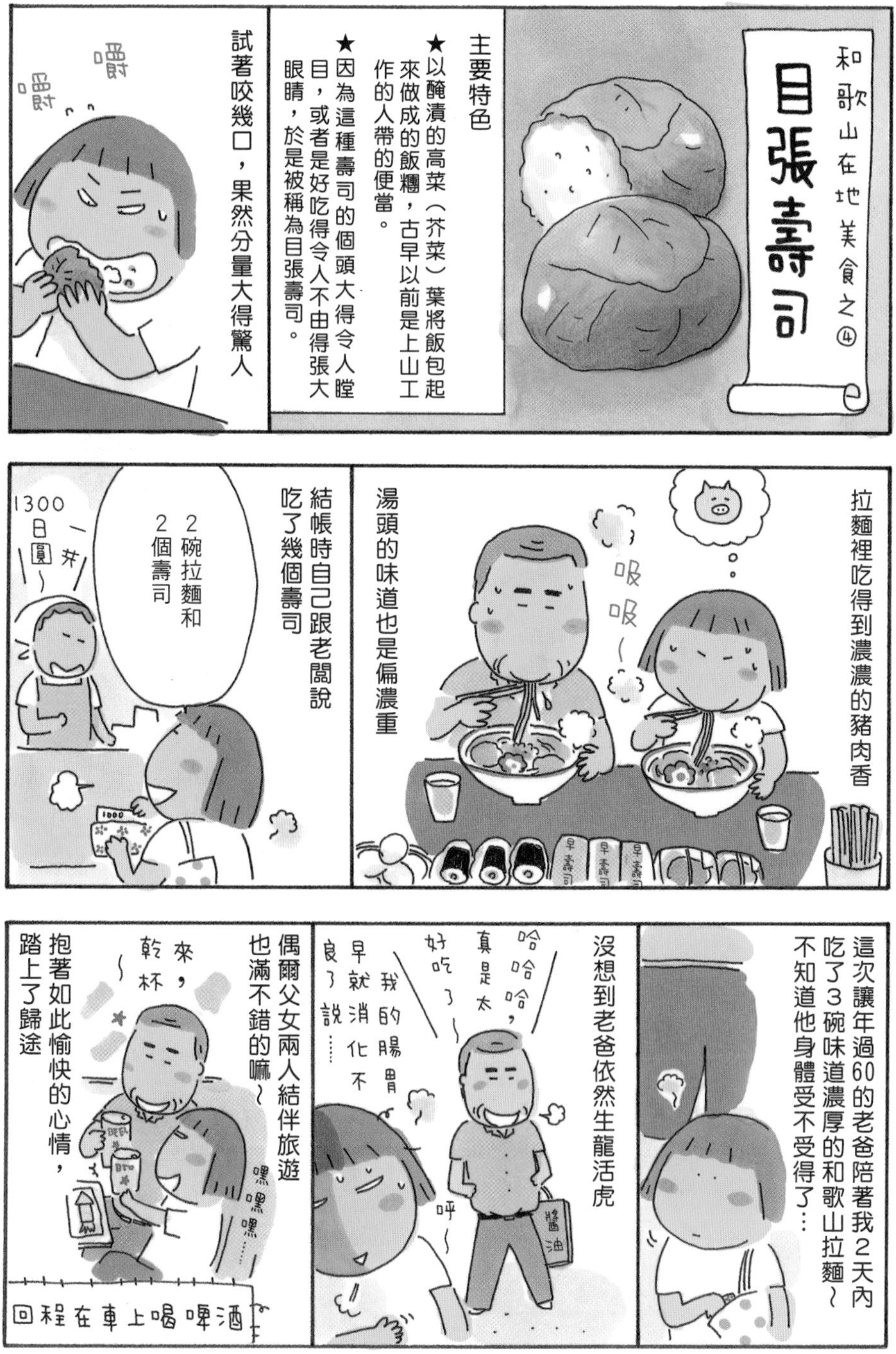

和歌山在地美食之④
目張壽司
主要特色
★以醃漬的高菜（芥菜）葉將飯包起來做成的飯糰，古早以前是上山工作的人帶的便當。
★因為這種壽司的個頭大得令人瞠目，或者是好吃得令人不由得張大眼睛，於是被稱為目張壽司。
試著咬幾口，果然分量大得驚人
嚼
嚼
拉麵裡吃得到濃濃的豬肉香
吸吸～
湯頭的味道也是偏濃重
早壽司
早壽司
早壽司
結帳時自己跟老闆說吃了幾個壽司
2碗拉麵和2個壽司
一共1300日圓～
這次讓年過60的老爸陪著我2天內吃了3碗味道濃厚的和歌山拉麵～
不知道他身體受不受得了…
沒想到老爸依然生龍活虎
哈哈哈，真是太好吃了～
我的腸胃早就消化不良了說……
呼～
醬油
偶爾父女兩人結伴旅遊也滿不錯的嘛～
抱著如此愉快的心情，踏上了歸途
來，乾杯～
嘿嘿嘿……
回程在車上喝啤酒

從大阪的難波搭電車前往和歌山……。

紀州橘子♡

和歌山城

好可愛……

好可愛……♡

紀州梅冰淇淋♡

BURAKURI
橫丁的招牌……

嘰～

嘰～

好熱啊～～

包裝得非常扎實

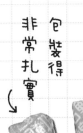

湯淺的街道

處處都聞得到醬油的香氣～

紀三井寺裡
奇妙的玩具……
（免費）

在家自己做的

就在BURAKURI橫丁裡

拉麵

丸京的拉麵

井出商店的拉麵

山為食堂
的拉麵

和歌山

這次就只吃了拉麵
真不好意思……
湯頭相當濃厚的和歌山拉麵……
濃稠～
豐富的膠原蛋白？
老爸也很愛這個湯頭。
甚麼？湯全喝光了!?
嗯
空空如也
如果還有生啤酒和餃子的話……
就更棒了……
這就是老爸的願望～
我買了外帶的拉麵讓看家的老媽也能嘗嘗……
伴手禮拉麵♡
3人份
回老家後馬上動手煮拉麵……
呵呵♪
直接把店裡使用的湯頭加進去
家裡充滿了大骨的腥臭味……。
氣味四散～
哇～快開窗戶～
那那……那是甚麼味道啊？

將忙著拍和歌山城的老爸……
卡嚓
撇
噗……。
拍下來的我……。
和歌山腔和三重腔還滿像的……（我認為啦）。
今天好熱啊～
啊～是呀～
喂～田中先生
在湯淺買的生醬油……
醇醬油
沾著鮪魚生魚片吃超美味～♡
拉麵真好吃呀～
味道調得不錯呀～
是呀～
也用了太多「呀～」了吧？
某家店用來淋在咖哩上的醬油也被我買回來了
咖哩醬油
唔～口味很搭……吧？
有沒有啤酒？
還有香菸嗎～
老爸……
只關心有沒有菸和啤酒……
明明吃不慣熟壽司的味道
卻絕口不提的老爸……。
嚼
嚼
嚼
……

A

和歌山市車站周邊
本町温泉
夢想乃湯
東仲間町
南海本線
JR紀勢本線
(きのくに線)
河西橋
紀ノ川
和歌山市
彌助壽司
本町4
北大通
北新橋
本町小
築地通
南置橋
伊勢橋
銭座橋
鈴丸橋
高島屋
本町公園
南海和歌山港線
市駅前南
本町通
九家ノ丁
元寺町2
城北通
雄橋
市民会館
24
玉林園 本店
城北公園
市民図書館
市立博物館
船大工町
山為食堂
和歌山市発明館
こども科学館
和歌山放送
城北橋北詰
城北橋
市堀川
京橋
丸京
堀詰橋
大新通
済生会病院
NTT
河岸公園
和歌山市役所
けやき大通
新町橋
26
気象台前
西汀丁
和歌山中央局
NTT
三木町
二の丸庭園
和歌山城公園
裁判所
堀端通
和歌川
和歌山城
雄湊公園
屋形通
尾形町
三年坂通
0 100m
県警察本部
和歌山県庁

M-A-P

C

紀三井寺
JA
正行寺
和歌山市
135
和歌山県立医科大
中津川
西方寺
紀三井寺
三井水(吉祥水)
附属病院
地域地場産振興センター
JR紀勢本線(きのくに線)
紀三井寺
三井水(清浄水)
42
0 200m

B

和歌山車站周邊
JR阪和線
ホテルグランヴィア
和歌山駅前
和歌山
けやき大通
北大通
柳通
わかやま電鉄貴志川線
美園公園
JR紀勢本線(きのくに線)
和歌山中華拉麵專賣店
井出商店
三年坂通
田中町
0 100m

和歌山區域圖
関西国際空港
大阪湾
りんくうJCT
泉佐野IC
泉南市
上之郷IC
阪南市
泉南IC
泉佐野JCT
多奈川
26
阪南IC
阪和自動車道
俎石山
友ケ島
加太
岬町
紀ノ川SA
田倉崎
和歌山市
JR阪和線
岩出町
A
B
南海加太線
JR和歌山線
和歌山
和歌山IC
紀ノ川河口大橋
和歌山港
わかやま電鉄
貴志
和歌の浦
紀三井寺
C
紀美野町
マリーナシティ
海南IC
海南東IC
海南市
424
沖ノ島
下津IC
42
地ノ島
生石ケ峰
有田市
簑島
JR紀勢本線
宮崎ノ鼻
吉備IC
有田川町
吉備南IC
有田川
D
湯浅IC
湯浅町
広川IC
広川町
湯浅御坊道路
和歌山県
由良町
広川南IC
道成寺
日高川
日高町
御坊
川辺IC
日高川町
紀州鉄道
御坊IC
美浜町
御坊南IC
真妻山
煙樹ケ浜
御坊市
日ノ御埼
425
印南町
424
印南IC
印南SA
みなべ町
阪和自動車道
0
5km

真好吃～
呵♡
吸吸～

D
湯 浅
北橋
山田川
地域福祉センター
角長醤油
耐久高
深専寺
真楽寺
町民体育館
仙光寺
JR紀勢本線（きのくに線）
湯浅町
湯浅町役場
湯浅教会
広川町役場
湯浅温泉
湯浅
満願寺
広川
勝楽寺
広川町
42

和歌山土產

在湯淺町買的各種醬油。好重…。

在和歌山車站買的壽司壽司壽司…。

井出商店的外帶拉麵。3人份。

紀州梅點心。梅子牛奶糖裡有那智黑黑糖。

很早之前就一直想吃吃看和歌山拉麵，所以來到這裡就只繞著拉麵打轉，一頭栽了進去。

走在和歌山市街上，四處都能看到「中華拉麵」的招牌，真想每家店都進去吃吃看哪～只是這看起來分量不多的拉麵味道卻意外地濃厚，2天連吃3碗已經是極限……。不過我和老爸能吃到3碗，也已經心滿意足了。

吃熟壽司時老實說真的很難下嚥，但過一陣子之後竟然又想再挑戰看看。再試吃一次說不定會愛上這口味……要不要再試試呀？

➡DATA
山為食堂●和歌山縣和歌山市福町12 ☎073-422-9113
玉林園 本店●和歌山縣和歌山市本町2-44 ☎073-428-0039 http://www.gyokurin-en.co.jp
丸京●和歌山縣和歌山市雜賀町120 ☎073-423-5754
彌助壽司●和歌山縣和歌山市本町4-31 ☎073-422-4806
井出商店●和歌山縣和歌山市田中町4-84 ☎073-424-1689
和歌山城●和歌山縣和歌山市一番丁 和歌山城管理事務所 ☎073-435-1044
角長醬油●和歌山縣有田郡湯淺町湯淺7 ☎0737-62-2035
紀三井寺●和歌山縣和歌山市紀三井寺1201 ☎073-444-1002 http://www.kimidera.com/

溫泉滿喫！
和閨中密友一起優閒度過的鄉土美食之旅

山形篇

雞肉冷麵
蒟蒻丸子
燉芋頭鍋
木盒蕎麥麵
咚咚燒
牛肉便當

這次我要和從前住我老家附近、小學時的同年級好友，一起去山形吃當地好料!!
這次的同行夥伴M川小姐
三重縣出身
目前各自在東京一個人過生活
從東京搭新幹線往山形大概要花3小時。因為我們都是第一次去山形，出發時都還滿興奮的……
如何～？到了之後先去山寺走走吧？
嗯，好哇～
興奮
山形
興奮
在新幹線車廂內
抵達山形車站後……
山形～
山形
やまがた
Yamagata
天空落下無情雨……
……
……
嘩啦～～
都怪你把雨帶來了啦!!
你才是咧!!
嘩啦～
馬上就起內訌……
重新整理心情後，我們前往事先預約過的租車公司取車……
租車公司
買了雨傘
……
本來打算先去山寺參觀，現在只好先去一家還不錯的麵店吃東西…
Let's Go～!!
山形麵店街
負責開車

山形這裡開了不少麵店…
現煮麵
麵店
手打麵
我們拜訪的是一家位在「最上川三難所麵店街」、非常有名的「ARAKI麵店」…
ARAKI麵店
興奮
興奮
從山形市內開車約1小時
甚麼!!
傻～眼
今日臨時歇業
ARAKI麵店
!!
計畫全盤泡湯
你…你這個帶衰的女人!!
你才是咧!!
哼
哼
今日臨時歇業
再次起內訌……
於是只好再往他處移動…
……
噗～嚕
來到一家位於河北町的「一寸亭本店」麵店
一寸亭本店
名產
谷地鮮肉麵
營業中
河北町這一帶有道相當獨特的「雞肉冷麵」非常出名…
來兩碗雞肉冷麵～
馬上來～
嘩
嘩
菜單
所以我們都點了這道麵點

山形在地美食之①
雞肉冷麵
「一寸亭本店」的雞肉冷麵
¥650
附醃蘿蔔
主要特色
★麵條泡在帶著濃濃雞肉味、漂浮著脂肪的冷湯裡，上面鋪著雞肉、蔥花等配料。
★山形縣河北町為發祥地。
★即使在冬季也相當受歡迎。
湯是冷的，特別有嚼勁
麵條咬起來
嗯!?
搭配雞湯的鮮味，絕妙的口感十分契合
怎麼說呢~第一次吃到這種口味…
你不覺得有點類似馬鈴薯燉肉的味道？
吸~
哪有馬鈴薯燉肉的味道？
你看裡面有馬鈴薯嗎？
我覺得很像嘛~
總之我們兩人都很愛這碗雞肉冷麵
此外，山形縣內到處都有溫泉…
山形
溫泉天堂~♥
吃完午餐後，到山邊溫泉保養中心泡一下溫泉
好舒服~
泡湯費 ¥300
很便宜!!

泡好溫泉後雨也剛好停了…
喔耶
趕快到山寺去!!
這裡
就是那座寺廟吧~
真厲害~竟然蓋在那麼高的地方…
P
前往山寺的登山入口處有一整排賣名產力蒟蒻的小店，我們當然沒錯過
好的~
請給我2支~
¥100
山形在地美食之②
蒟蒻丸子
隨個人口味撒點辣椒粉
※在山寺這裡稱為「力蒟蒻」
主要特色
★捏成丸狀的蒟蒻球泡在醬油裡煮過後串起來賣。
★山形縣的蒟蒻消費量高居全日本第一!!
口感軟綿卻彈性十足，味道相當樸實
哇哈~真好吃~♡
我們家的調味料就只有醬油而已唷~
是喔~
力蒟蒻
山寺名產
※有些店家會在醬汁裡另外再加高湯
先以力蒟蒻讓肚子墊個底後…

接著就是努力爬往山寺去
呼
好熱～
呼
全部1015階
爬樓梯雖累，從山頂俯視的景致卻值回票價
哇喔～
哇喔～
從這裡看楓紅或雪景一定也很棒吧
到山形市內的旅館check in後…
山形國際旅館
晚餐在旅館附近一家山形鄉土料理・居酒屋解決
花膳
山形名物
燉芋頭
十四代
呵呵呵…♥
哇～有各種從沒見過的料理耶～♡
吞口水…
花膳
我們點的是…
山形在地美食之③
燉芋頭鍋
「花膳」的燉芋頭鍋￥750
主要特色
★將芋頭與菇類、蔥、蒟蒻等食材以大量湯汁燉煮而成的火鍋。
★東北各地的料理方式會依地區而略有不同。

山形縣每到秋天，就會有不少人聚集在河岸邊開「芋頭鍋大會」，一起煮這道燉芋頭鍋，成了秋天最吸引人的風物詩
去的時候還不到時節，所以這只是想像圖
雖然這道菜算是秋季料理，但這家店一整年都有賣
一整年都吃得到
燉芋頭鍋
芋頭煮得鬆鬆軟軟的，超好吃～♡
味道跟馬鈴薯燉肉好像喔～
又說一樣的話
此外我們還品嘗了其他各種山形美食
DADA CHA毛豆
山形縣鶴岡市的特產，大豆製品的一種
比一般的毛豆味道更濃～
味道很像玉米耶～♡
高湯飯
高湯 將小黃瓜、茄子、茗荷等食材切碎後以高湯醬油調味而成
鋪在白飯上一口接一口
吃起來非常爽口♡
坐在隔壁的一對夫妻向我們攀談
呵呵呵…你們是來旅行的嗎？真好啊，有這樣的女性朋友～
是啊～我們從東京來的
甚麼～小學時的同年級同學？我們夫妻倆也是從小學就一起念同一年級耶～
真的嗎～!!
聽說先生從小學開始就暗戀這位太太了
哈哈哈

這對夫妻是從福島來這裡旅行…
山形這裡有太多好吃的東西了～
對呀～每樣都超好吃的
哎呀～你們喝的好像不是山形的酒～？
ㄟ…是啊…
啤酒
檸檬沙瓦
朋友的酒量不好，我的酒品又差，所以那天並沒打算多喝酒…
在日本隨時都喝得到啤酒啦，不如試試這瓶酒，來，我請你們喝
這是山形的在地好酒～滋味很棒，不喝可惜哦
聽說不是很好買呢
啊～不好意思啦～♡
結果就讓他們請了這瓶酒…
只有我喝
喝喝看嘛～
哇～
倒
倒
真的很順口、很好喝耶～♡
喔！
那就再來一杯吧？
啊哈哈
哈
倒
倒
喝太多了啦
直子!!
結果喝得酩酊大醉…
謝謝你們的招待～
嗝……
路上小心啊～
這邊也醉了
在山形的這一夜就這樣醉茫茫地過去了

第二天早上…
山形 國際旅館
啾
啾
昨晚實在太high，喝了太多山形的酒…
嗝～
你快去洗澡啦！
醉醺醺
幸好隔天沒有宿醉!!
喔
神清氣爽!!
呼嚕～
好酒果然不一樣，喝得再多也不會宿醉呢～
是喔～…
呵呵呵～
咕
肚子已經餓了
邊瞎扯邊走去吃旅館的自助早餐
哇～自助餐檯裡也有燉芋頭鍋耶～
不愧是山形！
山形西瓜呀～
這也是山形名產醃漬茄子
一大早吃飽喝足之後…
我再去裝一點燉芋頭吃
這一天同樣開著租來的汽車從山形市往更北方一個位在山腰上的溫泉鄉去
啊哈哈～好大一個木雕娃娃喔
巨～～大

我們前往的是一家擁有黃金溫泉的火山口湖溫泉館
哇喔~好復古哦~
天花板好高~
這裡的溫泉會像汽水一樣冒出氣泡，屬於碳酸溫泉的一種…
也可在飲水場喝泉水
嗯~嘴裡真的在冒泡泡耶~
說不上好喝
具有中和胃酸、促進內臟蠕動的功效。
唔……
在這裡泡湯非常舒服、令人滿足♡
呼~
真舒暢……
泡湯費 ¥350
泡湯之後到附近一家麵店吃午餐
麵店
壽屋
名物
在那邊~
我們點的是…
嗯~我要一份木盒蕎麥麵!!
好的~

山形在地美食之④
木盒蕎麥麵
「壽屋」的涼麵
¥1350
主要特色
★蕎麥麵條平整地擺在一個大大的長方形淺木箱裡。
★很久以前，在結束忙碌的農耕後為了犒賞自己，人們於是將蕎麥麵裝在木盒裡，這就是木盒蕎麥麵的由來。
木盒蕎麥麵的分量實在太多，所以我們兩人合吃一份…
麵條很有咬勁，好吃哩~♡
好滑潤哦~♡
約2~3人份
有30公分以上
隔壁的大叔自己吃掉一份耶
我光吃一半肚子就飽了……
這家店也提供碳酸泉水供客人飲用
嗯~
說不出來的滋味……
美!?
碳酸
山泉水
就在店的入口處
肘折溫泉這條擁有1200年歷史的溫泉街飄散著一股優閒寂靜的氣氛…
溫泉饅頭
旅館
土產店
香菸
冰
地酒
真棒……♡

據說在很久以前，有個受骨折之苦的老和尚泡過這裡的溫泉後就痊癒了，因此有了這個名稱…
真神奇～
骨折好了～
手腳
靈活
想像圖
在這裡輕輕鬆鬆地住上一晚也挺好的
跳跳跳……
哈
耶！
啪擦
自動拍照
在漂亮的瀑布前擺蠢姿勢拍紀念照
超喜歡山形溫泉的兩人於是更往山形市的西邊走，來到一個位在朝日町的蘋果溫泉
啊哈哈
噗嚕～
如同其名，溫泉池裡飄著一顆顆蘋果…
哈哈，真的是蘋果耶～!!
漂浮
漂浮
泡湯費 ¥300
泡完後喝了一整瓶的蘋果汁～
蘋果霜淇淋 250日圓
朝日町蘋果汁 ¥200
咕嚕
咕嚕
蘋果酥餅
心滿意足地泡完湯之後回到山形市內還車
肌膚好光滑喔～
我愛溫泉～
蘋果溫泉

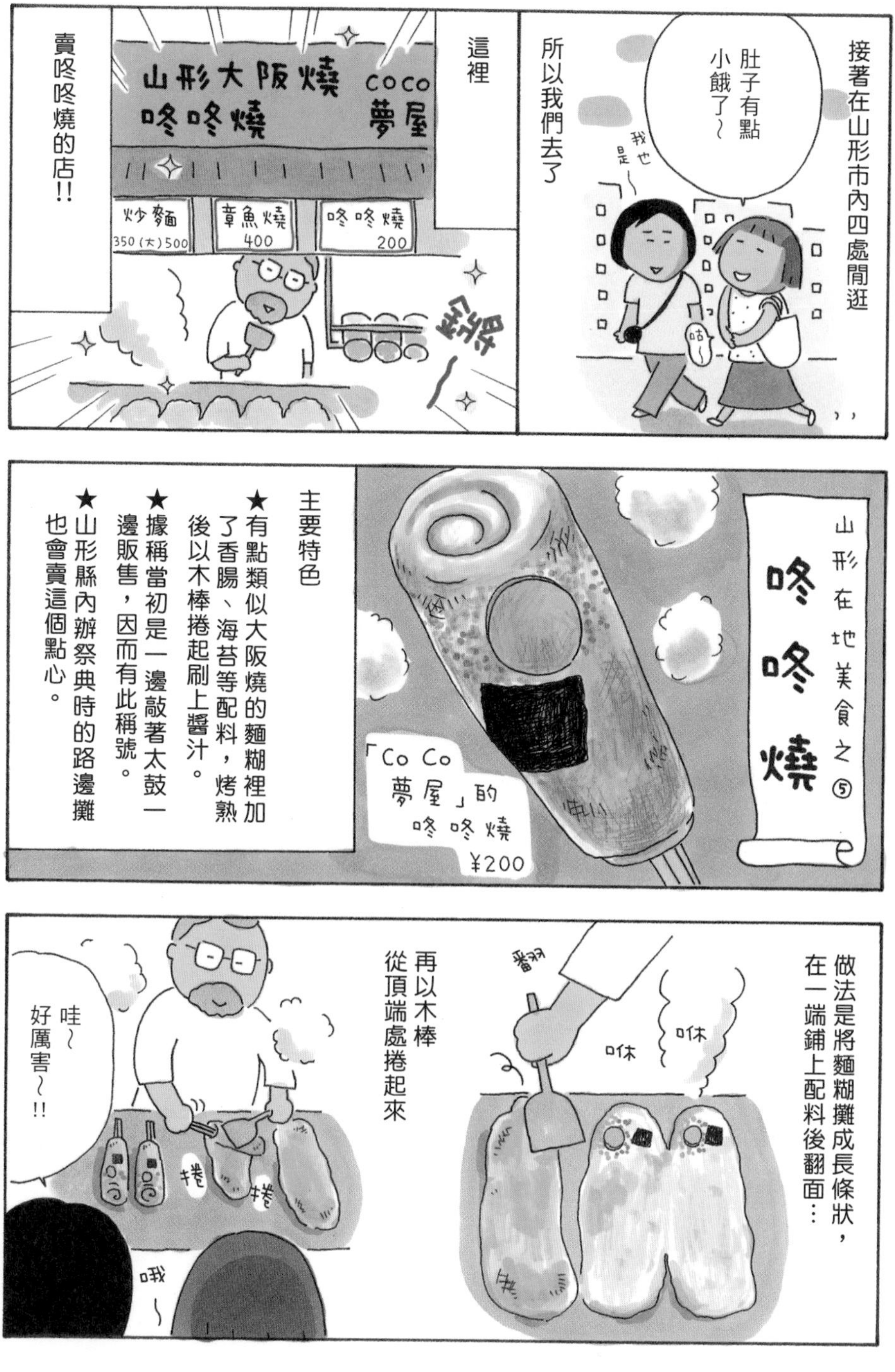
接著在山形市內四處閒逛
肚子有點小餓了～
我也是～
咕
所以我們去了
這裡
山形大阪燒 咚咚燒
COCO 夢屋
炒麵 350（大）500
章魚燒 400
咚咚燒 200
賣咚咚燒的店!!
山形在地美食之⑤
咚咚燒
「Co Co 夢屋」的咚咚燒 ¥200
主要特色
★有點類似大阪燒的麵糊裡加了香腸、海苔等配料，烤熟後以木棒捲起刷上醬汁。
★據稱當初是一邊敲著太鼓一邊販售，因而有此稱號。
★山形縣內辦祭典時的路邊攤也會賣這個點心。
做法是將麵糊攤成長條狀，在一端鋪上配料後翻面…
翻
咻
咻
再以木棒從頂端處捲起來
捲
捲
哇～好厲害～!!
哦～

咚咚燒咬起來軟綿綿的，感覺很像可麗餅
QQ的真好吃～
也可以舔著吃呢
嚼
嚼
這家店有提供燒烤醬與醬油兩種口味，我們各點一支試試看味道…
連吃了2支肚子變得好撐
好……難過……好
我個人比較喜歡燒烤醬口味～
我愛醬油口味～
嗝
嗝
隨後四處閒逛買東西…
山形
特產
我買了蕎麥麵～
我買了傳六豆點心～
山形木雕娃娃
傳六
花斗笠
王將
最後在新幹線往東京的回程上…
呵～山形真是太好玩了
對呀
咻～
山形
山形
車上的服務小姐來詢問有沒有人要訂購便當
有沒有人要訂購便當～
有
咦？
中途的米澤車站，可以根據訂購數量特別製作山形名產米澤牛鐵路便當…
好的～
登記簿
我要2個
於是我訂了2個

沒多久列車停靠在米澤車站…
米澤站~
月台上的牛雕像
興奮
讓您久等了，便當2個
幫我們送過來
哇
這就是令人期盼的…
牛肉便當!!
米澤名產 牛丼便當
牛肉便當
BEEF DOMANNAKA
¥1000
米澤牛的美味果真名不虛傳
真好吃~
熱呼呼的~
畢竟是剛做好的便當，熱騰騰的好吃極了♡…
…不過
嗚…肚子好撐吃不下了…
那些咚咚燒好像在肚子裡鑿鑿敲個不停…
好痛苦……
結果只好打包回家…
吃一點點……
隔天在家當早餐吃
好吃
放進微波爐加熱
再次回味山形的好滋味

雞肉冷麵

超～喜歡的

好想再吃唷!!

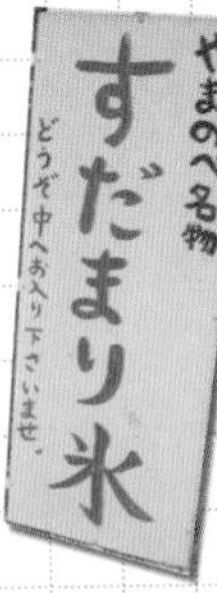

淋上醋醬油

口味竟然很搭耶!?

木雕娃娃名產地……山形。

到處都有木雕娃娃。

山寺

!?

一休和尚?

來，請吃吃看～

力蒟蒻

DADACHA

毛豆

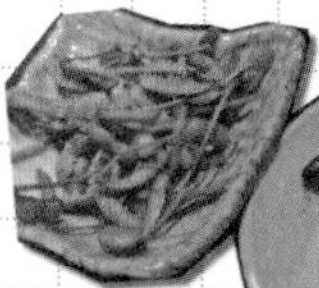

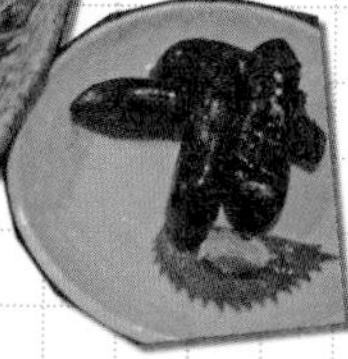

醃漬小茄子

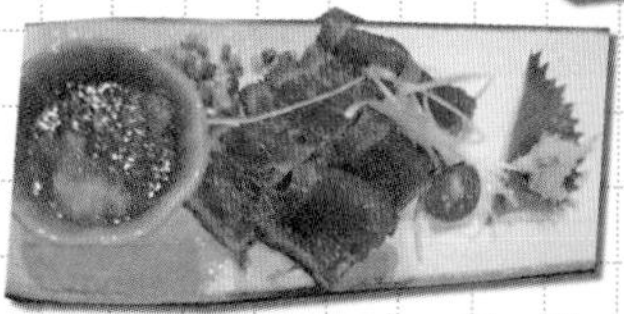

生牛肉

燉芋頭鍋

高湯飯

肘折溫泉

～大盤～

木盒蕎麥麵……

花斗笠

祭典的遊行隊伍

嘿嘿嘿……

這裡也有木雕娃娃……

咚咚燒～

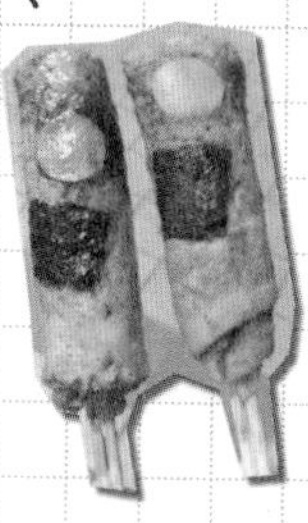

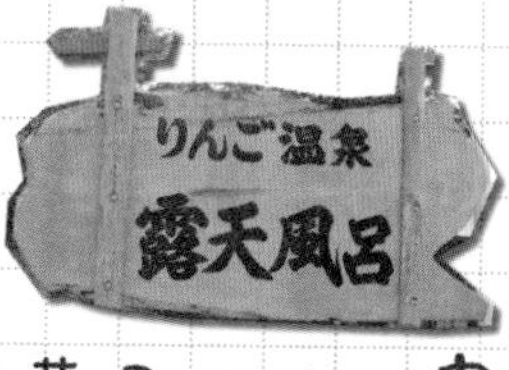

有蘋果浮在水面上哦……

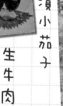

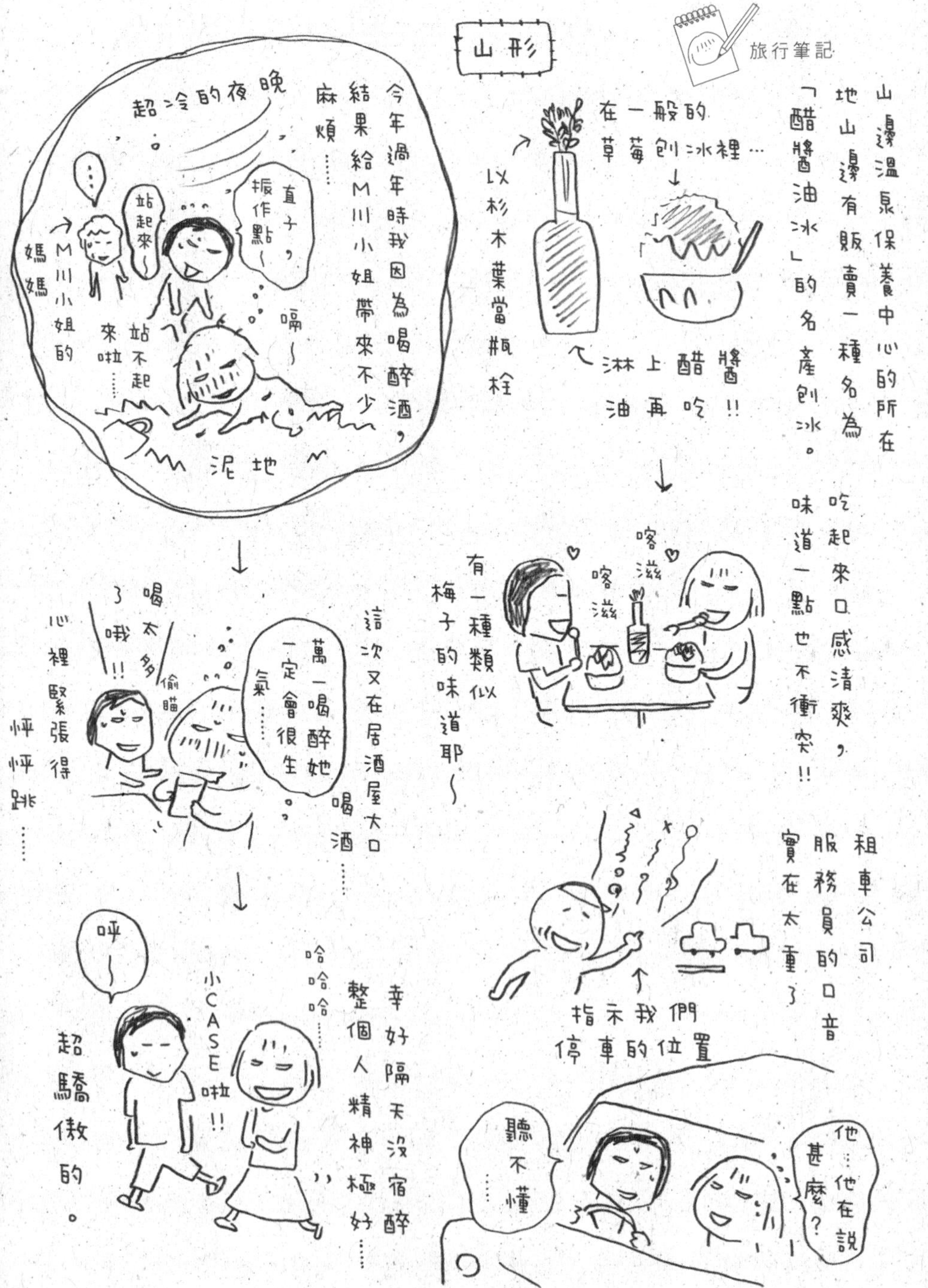
旅行筆記
山形
山邊溫泉保養中心的所在地山邊有販賣一種名為「醋醬油冰」的名產刨冰。
在一般的草莓刨冰裡…
以杉木葉當瓶栓
淋上醋醬油再吃!!
吃起來口感清爽，味道一點也不衝突!!
喀滋
喀滋
有一種類似梅子的味道耶～
租車公司服務員的口音實在太重了
指示我們停車的位置
他…他在說甚麼？
聽不懂……
今年過年時我因為喝醉酒，結果給M川小姐帶來不少麻煩……
超冷的夜晚
…
M川小姐的媽媽
站起來～
直子，振作點～
站不起來啦……
嗝～
泥地
這次又在居酒屋大口喝酒……
萬一喝醉她一定會很生氣……。
喝太多了哦!!
偷瞄
心裡緊張得怦怦跳……
幸好隔天沒宿醉整個人精神極好……
哈哈哈……
小CASE啦!!
呼～
超驕傲的。

在居酒屋裡跟隔壁桌的夫妻說我們是三重縣人時……
三重縣在四國對吧？
不不…不是耶～
笨蛋，你搞錯了啦～
隔壁桌這對夫妻真的很妙。
今天是我們約會出來的啦！你們想知道任何事都可以問的啦！
你唷～
的啦!?
我很愛看高中棒球所以非常清楚
三重縣嘛…智辯和歌山棒球隊最有名了！
那…那是在和歌山耶……
啊
啊哈哈哈
東北人好像不太認識三重縣……(?)
山形的溫泉多，而且泡湯超～便宜!!
好羨慕住這裡的人哦～
我們去的當天恰巧是山形市舉辦「花斗笠祭典」的大日子。
頭戴花飾斗笠的遊行隊伍
咚咚燒
哇
哇
耶～是賣咚咚燒的小販～

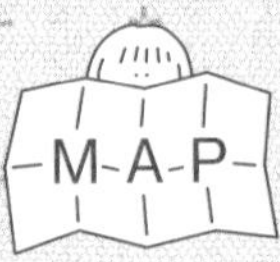
M-A-P

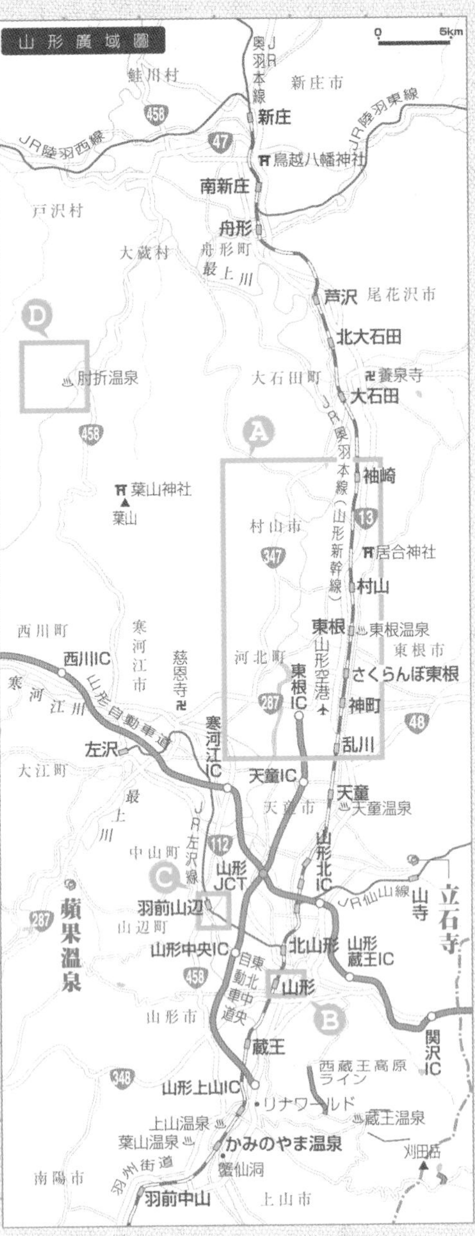
山形廣域圖
0 5km
鮭川村
新庄市
JR奥羽本線
新庄
JR陸羽西線
JR陸羽東線
458
47
鳥越八幡神社
戸沢村
南新庄
舟形
大蔵村
舟形町
最上川
芦沢
尾花沢市
D
北大石田
肘折温泉
大石田町
養泉寺
大石田
458
A
JR奥羽本線(山形新幹線)
袖崎
葉山神社
葉山
村山市
13
347
居合神社
村山
西川町
寒河江市
東根
東根温泉
東根市
河北町
西川IC
慈恩寺
東根IC
山形空港
さくらんぼ東根
寒河江川
山形自動車道
287
神町
48
左沢
寒河江IC
乱川
大江町
天童IC
天童
最上川
天童市
天童温泉
JR左沢線
112
中山町
山形北IC
C
山形JCT
JR仙山線
山寺
立石寺
蔵王温泉
羽前山辺
287
山辺町
山形中央IC
北山形
山形蔵王IC
東北中央自動車道
458
山形
山形市
B
関沢IC
蔵王
西蔵王高原ライン
348
山形上山IC
リナワールド
上山温泉
蔵王温泉
葉山温泉
かみのやま温泉
刈田岳
羽州街道
蟹仙洞
南陽市
羽前中山
上山市

A
村山・東根
最上川
袖崎
13
ゆざ温泉
三ケ瀬
347
村山市
JR奥羽本線(山形新幹線)
東沢公園
ARAKI麺店
碁点温泉
碁点橋
八幡神社
村山
臥龍の松
長瀞城下町
東根
東根温泉
一寸亭本店
東根市
さくらんぼ東根
河北町
べに花温泉ひなの湯
谷地
287
東根IC
山形空港
神町
東北中央自動車道
乱川
0 1km

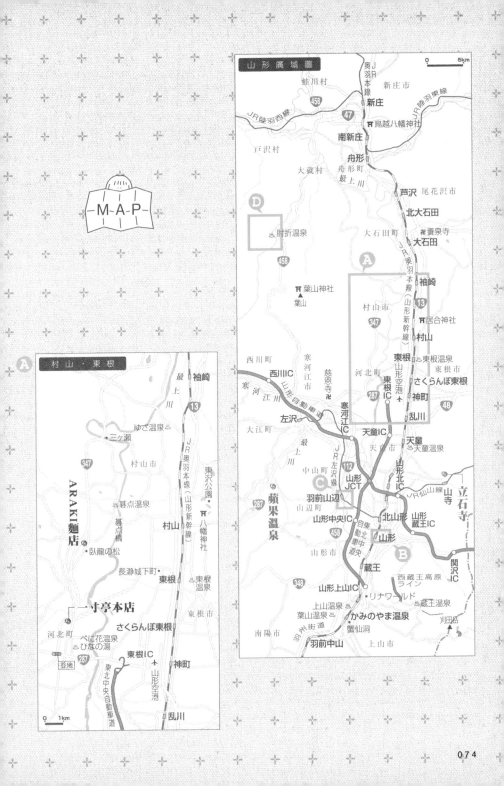

B

山　形
霞城公園
東大手門
山形県立博物館
県体育館
県武道館
山形市郷土館
山形美術館
最上義光歴史館
郷土館文翔館
山形市役所
山形銀行本店
七日町
CoCo夢屋
法祥寺
市立病院済生館
JR山形新幹線
JR奥羽本線
山形市
112
イイナス
城南公園
篠田総合病院
七日町通
大宝寺
霞城セントラル
明善寺
交通センター
本町
市民会館
山形中央局
光明寺
保健福祉センター
西念寺
専念寺
山形
エスパル
山形鄉土料理・酒處花膳
十字屋
霞城三の丸跡
山形テルサ
やまざわ
十日町
0　100m

D

肘　折
0　200m
大蔵村
肘折溫泉
麵店壽屋
黄金温泉
肘折いでゆ館
新庄
苦水沢
日秀寺
温泉口
458
薬師神社
上の湯
肘折温泉
肘折ダム
銅山川
寒河江
黃金溫泉
火山口湖溫泉館

C

羽前山邊
0　200m
ふるさと資料館
羽前山辺
浄土寺
新明神社
吉田照相館
（醋醬油刨冰）
49
JR左沢線
須川
458
18
常福寺
児童遊園地
荒神神社
三河橋
やまのべファミリータウン
山邊溫泉保養中心
後明沢川

興奮
興奮

山形土產
除了麵條還是麵條。
就是愛吃蕎麥麵嘛。
OSHIDORI的牛奶餅
有好多種口味。
不小心變成土產帶回來的
牛肉便當。
做成可愛的蘋果形狀的
蘋果酥餅。
附蘋果麵湯。
有淡淡的蘋果香哦。
ミルクケーキ
りんご麺
りんご麺スープ

漂浮
漂浮

謝謝你們的招待～
嗝……
路上小心啊～

我租了一台車，在幅員廣大的山形縣內四處打轉。同行朋友很喜歡河北町的「雞肉冷麵」，旅行結束後還是念念不忘：「真想再吃一次雞肉冷麵哪」。我自己也覺得，光是去那裡吃一碗雞肉冷麵就值回票價了，因為我也超愛這道料理啦～。

在山形縣，「冷湯拉麵」也是當地非常有名的美食，可惜這次去時沒機會吃到，於是開始在心裡盤算，乾脆再去一次山形，把這些美食一網打盡好了。

不過，天寒地凍的時節去那裡吃「雞肉冷麵」或「冷湯拉麵」的話，應該會全身冷得像冰棒吧。啊，這時候可以去泡湯呀，那裡到處都找得到水質超好的溫泉呢♥

LOCAL GOHAN TABI＊TAKAGI NAOKO＊2007・8＊
這次的最愛
「雞肉冷麵」
Yamagata

➡DATA
ARAKI麵店●山形縣村山市大久保甲65 ☎0237-54-2248
一寸亭本店●山形縣西村山郡河北町谷地所岡2-11-2 ☎0237-72-3733
立石寺（山寺）●山形縣山形市山寺4456-1
山形鄉土料理●酒處花膳・山形縣山形市香澄町3-1-9 後藤大樓B1 ☎023-633-7272
肘折溫泉 麵店壽屋●山形縣最上郡大藏村大字南山571 ☎0233-76-2140 http://www.kotobukisoba.com/
CoCo夢屋●山形縣山形市七日町2-7-10 NANA BEANS 1樓 ☎0236-32-1615 http://www.cocoyumeya.com/index_pc.html
吉田照相館（醋醬油刨冰）●山形縣東村山郡山邊町山邊2917-16 ☎023-664-8400
山邊溫泉保養中心●山形縣東村山郡山邊町大學大塚字近江801 ☎023-664-7777
蘋果溫泉●山形縣西村山郡朝日町大字宮宿1353-1 ☎0237-67-7888
黃金溫泉火山口湖溫泉館●山形縣最上郡大藏村大字南山2127-79 ☎0233-76-2622

奇妙的炸餅＆豬肉燒烤店巡禮

埼玉篇

炸果凍棒
炸餅
東松山的燒烤
番薯烏龍麵
番薯點心

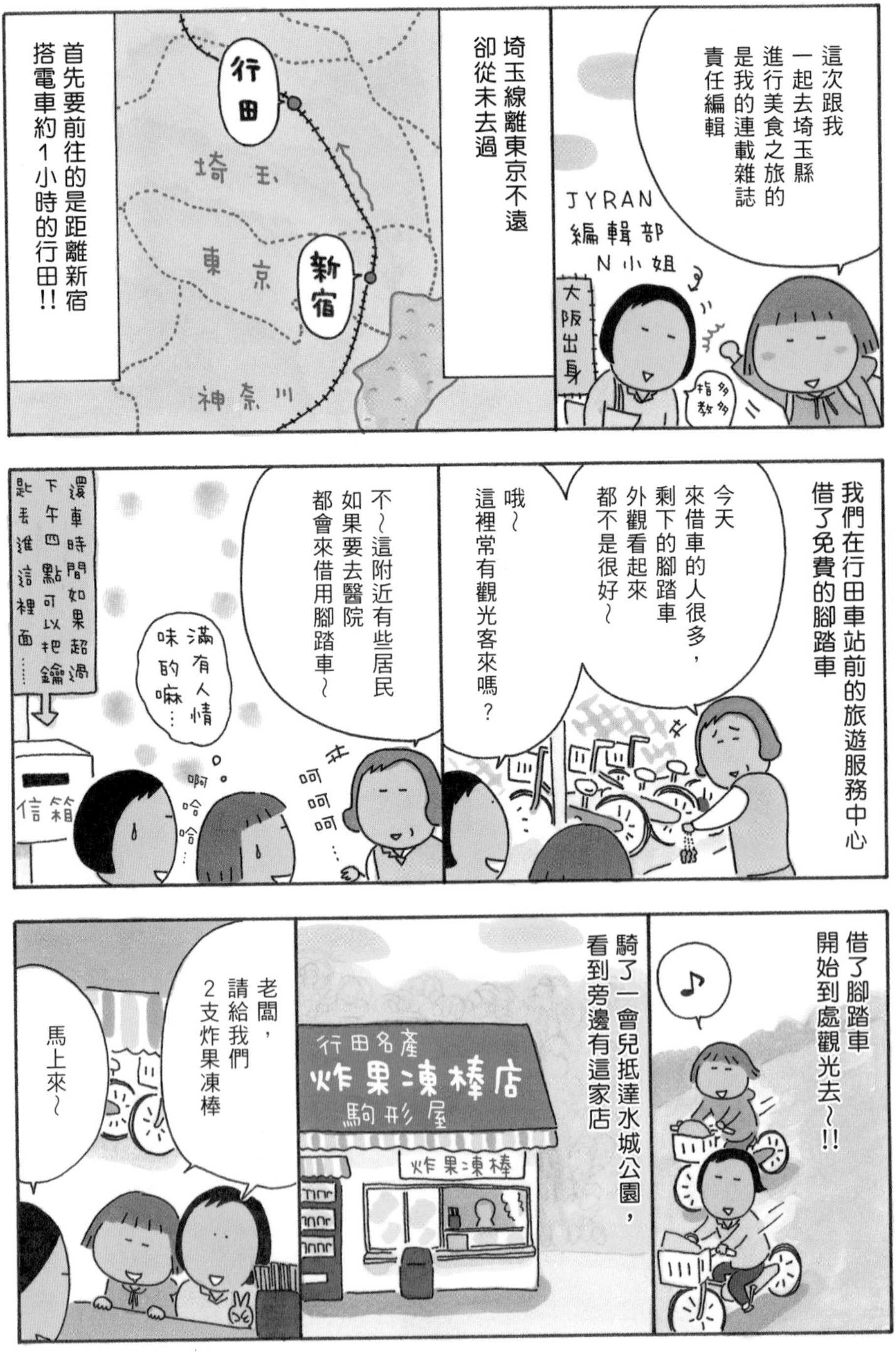
這次跟我
一起去埼玉縣
進行美食之旅的
是我的連載雜誌
責任編輯
JYRAN
編輯部
N小姐
大阪出身
埼玉線離東京不遠
卻從未去過
行田
埼玉
東京
新宿
神奈川
首先要前往的是距離新宿
搭電車約1小時的行田!!
我們在行田車站前的旅遊服務中心
借了免費的腳踏車
今天
來借車的人很多，
剩下的腳踏車
外觀看起來
都不是很好～
哦～
這裡常有觀光客來嗎？
不～這附近有些居民
如果要去醫院
都會來借用腳踏車～
呵呵呵…
滿有人情味的嘛…
啊哈哈…
還車時間如果超過下午四點可以把鑰匙丟進這裡面……
信箱
借了腳踏車
開始到處觀光去～!!
♪
騎了一會兒抵達水城公園，
看到旁邊有這家店
行田名產
炸果凍棒店
駒形屋
炸果凍棒
老闆，
請給我們
2支炸果凍棒
馬上來～

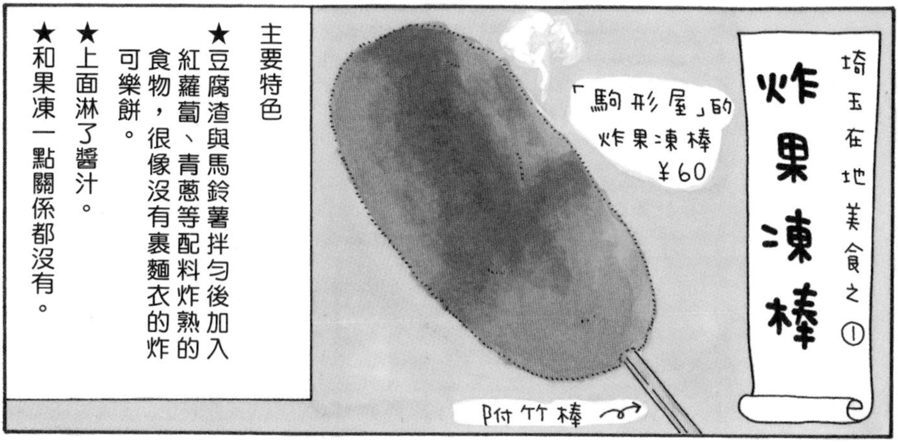
埼玉在地美食之①
炸果凍棒
「駒形屋」的
炸果凍棒
¥60
附竹棒
主要特色
★豆腐渣與馬鈴薯拌勻後加入紅蘿蔔、青蔥等配料炸熟的食物，很像沒有裹麵衣的炸可樂餅。
★上面淋了醬汁。
★和果凍一點關係都沒有。

我們坐在水城公園裡的長椅上迫不及待地大口吃著
嗯～好懷念的口味唷～
這很適合當零食吃耶
晴空萬里，是個很適合郊遊野餐的天氣♡
嚼
嚼
嚼
之後我們到位在附近住宅區裡的古澤商店
炸餅　炒麵
古澤商店

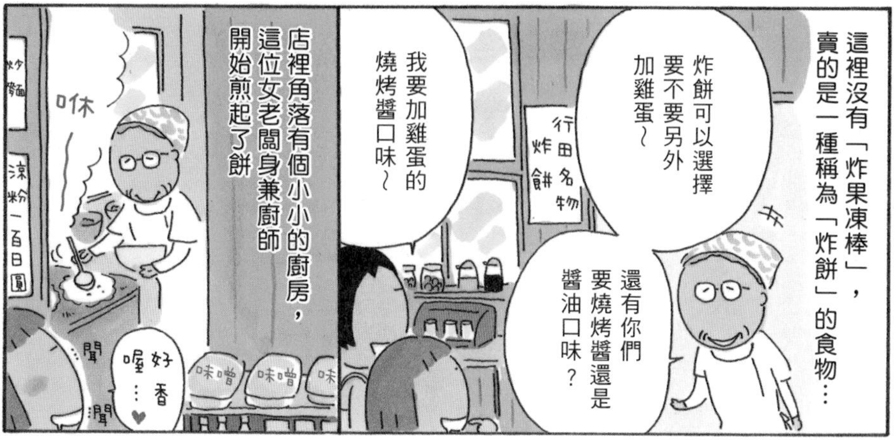
這裡沒有「炸果凍棒」，賣的是一種稱為「炸餅」的食物…
炸餅可以選擇要不要另外加雞蛋～
還有你們要燒烤醬還是醬油口味？
行田名物
炸餅
我要加雞蛋的燒烤醬口味～
店裡角落有個小小的廚房，這位女老闆身兼廚師開始煎起了餅
咻
炒麵
涼粉一百日圓
味噌
味噌
好香喔…♡
聞
聞

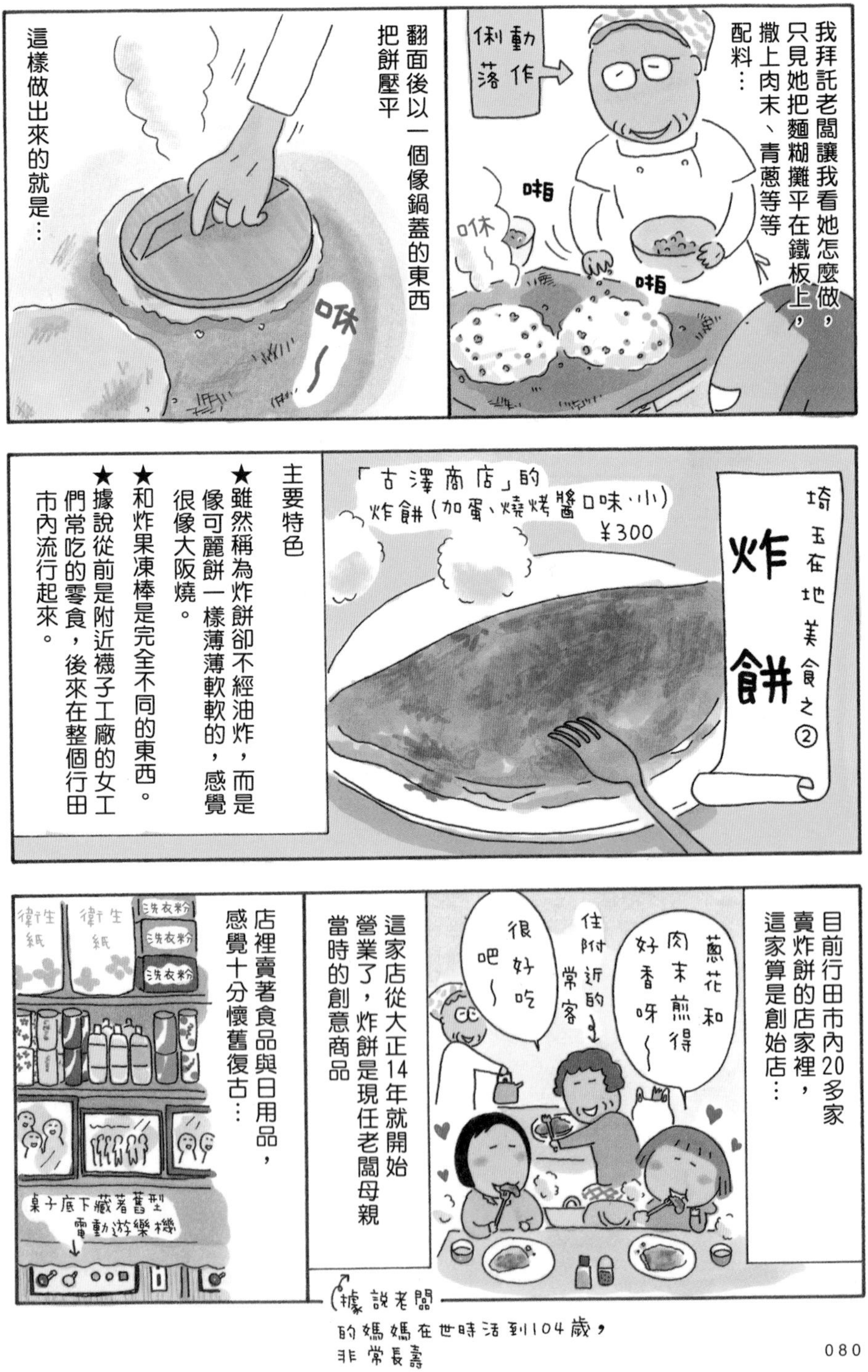

我拜託老闆讓我看她怎麼做，只見她把麵糊攤平在鐵板上，撒上肉末、青蔥等等配料⋯
俐落
動作
啪
咻～
啪
翻面後以一個像鍋蓋的東西把餅壓平
咻～
這樣做出來的就是⋯
埼玉在地美食之②
炸餅
「古澤商店」的
炸餅（加蛋、燒烤醬口味、小）
¥300
主要特色
★雖然稱為炸餅卻不經油炸，而是像可麗餅一樣薄薄軟軟的，感覺很像大阪燒。
★和炸果凍棒是完全不同的東西。
★據說從前是附近襪子工廠的女工們常吃的零食，後來在整個行田市內流行起來。
目前行田市內20多家賣炸餅的店家裡，這家算是創始店⋯
附近的常客
蔥花和肉末煎得好香呀～
很好吃吧～
這家店從大正14年就開始營業了，炸餅是現任老闆母親當時的創意商品
據說老闆的媽媽在世時活到104歲，非常長壽
店裡賣著食品與日用品，感覺十分懷舊復古⋯
衛生紙
衛生紙
洗衣粉
洗衣粉
洗衣粉
桌子底下藏著舊型電動遊樂機

上禮拜有客人遠從北海道來我們這裡哦~
呵呵呵…
給古澤商店
炸餅超好吃
還有啊，電視節目常出現的小石(註)前陣子也來採訪過呢~
安住先生
老闆是個坦率又可愛的人……
老闆娘一路送我們到店門口
路上小心哦~
謝謝您的招待~
依依不捨~

（譯注：日本的諧星石塚英彥）

接著騎腳踏車到忍城址…
最近幾年改建成行田市鄉土博物館。
哇喔~
之後繞到附近一家名為KANETSUKI堂的店…
營業中
KANETSUKI堂
這家店有賣炸果凍棒和炸餅，所以兩樣都點了
炸果凍棒2個¥200
把炒麵包在裡面的炒麵炸餅（小）¥450
彈珠汽水¥150
炸餅和炸果凍棒雖然感覺像零食…
一下子吃這麼多肚子馬上就撐飽了…
好難過……
吃太飽~

我們挺著撐飽的肚皮、咬牙騎著腳踏車前往一家名為「行田天然溫泉古代蓮物語」的澡堂…
有點冷耶…
咻
抵達溫泉澡堂後暫時休息一下
呼~
好溫暖喔~
石釜溫泉
還有其他各種形式的溫泉。
全身變得暖呼呼之後再度騎回行田車站…
暖
暖
將腳踏車還回旅遊中心
多謝了~
下午四點過後請將鑰匙丟入信箱內
接下來搭電車…
喀答
轟
在東松山車站下車
交流之街 牡丹通
天色已經全暗了耶~
東松山的名產就是燒烤!!
燒烤
燒烤
咻
燒烤
走在商店街裡舉目盡是寫著「燒烤」的各式招牌

燒烤
HOPPY
燒烤
燒烤
哇哈哈
嘩
嘩
裡面好像很熱鬧耶…
對呀…
是第一次來到這地方，要走進這種店需要很大的勇氣呢…
幾乎都是常客的樣子～
店家這麼多，也不知道要去哪家好…
嘩
嘩
嘩
只好在店門外探頭探腦…
嘩
嘩
嘩
嘩
燒烤
燒烤
燒烤
燒烤
看不到店裡的情況……
這裡也是……
嘩
嘩
所以我們一開始去的是這家店
味噌醬燒烤
響
豬頭肉
可以外帶的燒烤店「響」
東松山的燒烤有個特別之處就是使用「味噌醬」當沾醬…
味噌醬
味噌醬
味噌醬
味噌醬
黑豬肉 烤肉串¥210
高級 烤肉串¥263
特選 豬頭肉串¥168
黑豬肉 五花肉串¥210
更令人驚訝的是這裡的「燒烤」賣的全都是豬肉!!
這裡賣的燒烤都是豬肉嗎？
沒錯～
味噌醬
味噌醬
味噌醬

既然是豬肉，為什麼不叫烤豬肉呢？
很單純的疑問……
嗯～因為烤豬肉是另外一種料理的名稱啦～
呵呵……
買了幾串燒烤後順便問一下老闆
老闆～我們是從東京來的，今天第一次到東松山～
嗯？
我們想在這附近吃燒烤，請問您有推薦的店家嗎？
能讓我們2個女孩子可以放心走進去的店～
喔!?
去哪裡好呢
交頭
你覺得那家○○如何？
接耳
不好啦那家口味不錯但不太適合女生去～
討論
幫我們設想許多
我們從老闆推薦的幾家裡挑了這家店
燒烤桂馬
任何人都能進去～
這裡雖然人很多但很值得去喔～
推開
歡迎光臨!!這邊請坐
嘩
嘩
嘩
店裡人很多但我們還是很放心地找到位置坐下

馬上點了傳說中的燒烤⋯
燒烤 1支120日圓
豬頭肉 五花肉
豬舌 豬心 豬腸
軟骨 豬肉丸子
哇～
種類好多唷～
這裡賣的燒烤全都是豬肉嗎？
除了豬肉丸子裡有摻雞肉外全都是豬肉哦
首先每種都點1支
哇～就是沾這種味噌醬吃耶
真想快點吃吃看～
燒烤類中最受歡迎的就是「豬頭肉」，即使沒點這道，老闆也會端出來給客人
先吃吃看豬頭肉!!
哇
耶
埼玉在地美食之③
東松山的燒烤
沾上味噌醬
「桂馬」的燒烤（豬頭肉）1支¥120
主要特色
★這裡的燒烤使用的是豬肉，最常見的是豬頭肉。
★吃的時候可以沾加了辣椒、大蒜等調味料的辣味味噌醬。

豬頭肉帶著恰到好處的彈性，與有點辣的味噌醬非常搭配
哇～好吃耶
和味噌醬好搭唷～
這裡的味噌醬是店家自己特調的
嘿…光是味噌醬也可以配啤酒耶……
舔
舔
舔
超愛香辣食物
好吃得讓人停不了口
之後陸續送來了各種燒烤…
這是烤豬腸～怎樣？要不要追加？
好～麻煩您了!!
我們斟酌著自己的食量一邊追加燒烤數量
嗯～豬腸和豬心、豬舌、豬肉丸子都超好吃～
但我還是最愛豬頭肉～
嚼
嚼
有3個人的座位嗎？
開門
歡迎光臨～
抱歉，可以請你們坐那邊稍微擠一下嗎？
我們有2個人～
嘩
嘩
店裡的客人越來越多…
隔壁2位男客和我們聊了起來
嘩
嘩
你們常來這家店嗎？
不～我們從東京來的，第一次到這裡

大老遠從東京跑來這裡吃燒烤？
因為聽說東松山的燒烤很特別呀～
是味噌口味的，而且全都是豬肉～
為什麼～？
這很特別………嗎？
因為是豬肉的關係？？
？
驚訝
……
當地人倒不覺得有啥特別之處…
嚼嚼
那你們就多吃一點吧～
請慢用～
啊…我們差不多該離開了…
啤酒也請你們喝～
這是還沒喝過的唷～
謝謝，歡迎再來～
你們要走啦～？
嘩嘩
謝謝你們的招待～!!
開門
我們離開了第一家燒烤店…
喔～實在太好吃了～♡
嘿嘿…而且還被帥哥搭訕耶～
接下來要去哪家續攤呢～
既然來了當然要多吃幾家，所以在第一家時很努力地克制食慾…
來到有興趣的第二家店時…
靜～悄悄…
哎唷？打烊了呀～
燒烤
鐵捲門
這時間已經打烊囉～？

緊接著到其他店看看時也…
安靜…
燒烤
鐵捲門
驚慌~
這邊也是…
哇~這家也打烊了~
燒烤
空無一人
燒
烤
啊哈哈
才…9點而已耶…
……
哎~
這裡的燒烤店很早就打烊了，不然就是宣告「即將打烊」
所以我們去了一家還在營業中、裝潢滿時髦的「燒烤咖啡店」喝飲料…
加班的上班族下班後可就沒辦法來這裡吃燒烤了
啊哈哈
這是您點的豬頭肉~
在東京的話晚上九點以後才是尖峰時段呢…
之後我們搭車到川越，今晚要在這附近的旅館投宿
KAWAGOE
川越
哦好睏……
隔天早上—
啾
啾
投宿的旅館沒有提供早餐，於是拿出昨天在「響」買的燒烤當早點
香Q~
喔~這燒烤味道很棒耶~!!
一大早就吃著燒烤的2人…圖
味噌醬超Good~♥
冷掉了也很好吃呢~
讓人想起愉快的昨夜~♫
響

今天我們在仍保留著老街風情、有「小江戶」之稱的川越閒逛…
深善
這些酒廠好酷喔~
即使是非假日也有這麼多遊客耶
大多是中高年人
我們還搭了「小江戶巡迴巴士」…
¥500
一日券
也去了「喜多院」逛逛…
好優閒的地方喔~
對呀~
呆~
個性十足的「五百羅漢」石像群非常有趣。
各種姿態都有
四處閒晃時「番薯」這幾個字映入了眼簾…
川越番薯
不倒翁
番薯
地瓜
番薯
哇喔~這番薯很好吃耶~♡
請試吃~
香甜番薯
等一下再來買~♥
沒錯…川越的番薯也是名產之一

番薯
甜甜圈
午餐菜單
甚麼~有番薯鍋燒飯和番薯懷石餐!!
番薯餃子
竟然還有番薯餃子…
番薯冰淇淋
鍋燒飯
中華
幾乎每家店都提供番薯特餐，於是我們決定午餐就選在這家店解決!!
岡野屋
手打烏龍麵
小江戶川越番薯烏龍麵
埼玉在地美食之④
番薯烏龍麵
「岡野屋」的……
番薯烏龍麵 ¥850
炸番薯天婦羅
木盒番薯烏龍麵 ¥750
主要特色
★烏龍麵裡摻了番薯（這家店使用的是紫色番薯）。
★川越自古即是著名的番薯產地，如今生產量雖然減少，卻出現許多加工產品。
此外我們還點了「番薯啤酒」…
小江戶釀酒廠
這家當地酒廠所生產的一種稱為「beniaka」的啤酒
COEDO
裡面摻了番薯
哇喔~紫色的烏龍麵真漂亮~♡
烏龍麵和啤酒都散發出淡淡的番薯香耶~
兩種味道都很棒~♥

之後到甜點街隨意逛逛……
哇～真令人懷念的糖果～
我小時候很愛吃這個呢～
嘩
嘩
童心未泯的大人們…
糖果
糖果
高麗菜太郎
途中在一家咖啡廳喝「烤地瓜咖啡」順便休息一下……
呼～
好像有那麼一點烤地瓜的味道……吧？
咕嚕……
和風咖啡
烤番薯咖啡
熱飲¥300 冷飲¥350
我們血拚了各式各樣的番薯點心當伴手禮……
請給我3盒
番薯饅頭之戀
番薯
看起來都很好吃耶
烤番薯飯糰
芋太郎
番薯羊羹
猶豫
不決
在咖啡店又吃了一些番薯點心並稍做休息
元町咖啡 CHIMOTO
番薯餡蜜 ¥600
嘿嘿嘿……
豪華番薯冰淇淋
¥500
在我們吃喝玩樂之際，斜陽下的時之鐘宣告著目前已經是下午三點……
噹～
噹～
噹～
時之鐘
建造於大約400年前的計時台
（目前所見是明治時代的重建物）
喔
口
口
蔥燒味噌米果
就這樣雙手提著大包小包的番薯
嗚哇……
番薯好重喔……
嗝……
番薯之戀
香甜地瓜
番薯饅頭
沉～重
搖搖晃晃地踏上了歸途
女孩子就是愛吃番薯…

炸果凍棒

請給我炸果凍棒～

手腳俐落地煎著餅

豬肉燒烤……

炸餅裡包著炒麵～

中間那串是生豬肝

忍城

這是燉豬腸吧……

外帶的燒烤

番薯啤酒

番薯烏龍麵

川越

超酷的人孔蓋。

貓咪就塞在中間。

到處都是番薯……

（譯註：客人將裝在小碗裡的麵吃完立刻補上麵條直到客人吃飽為止的一種料理）

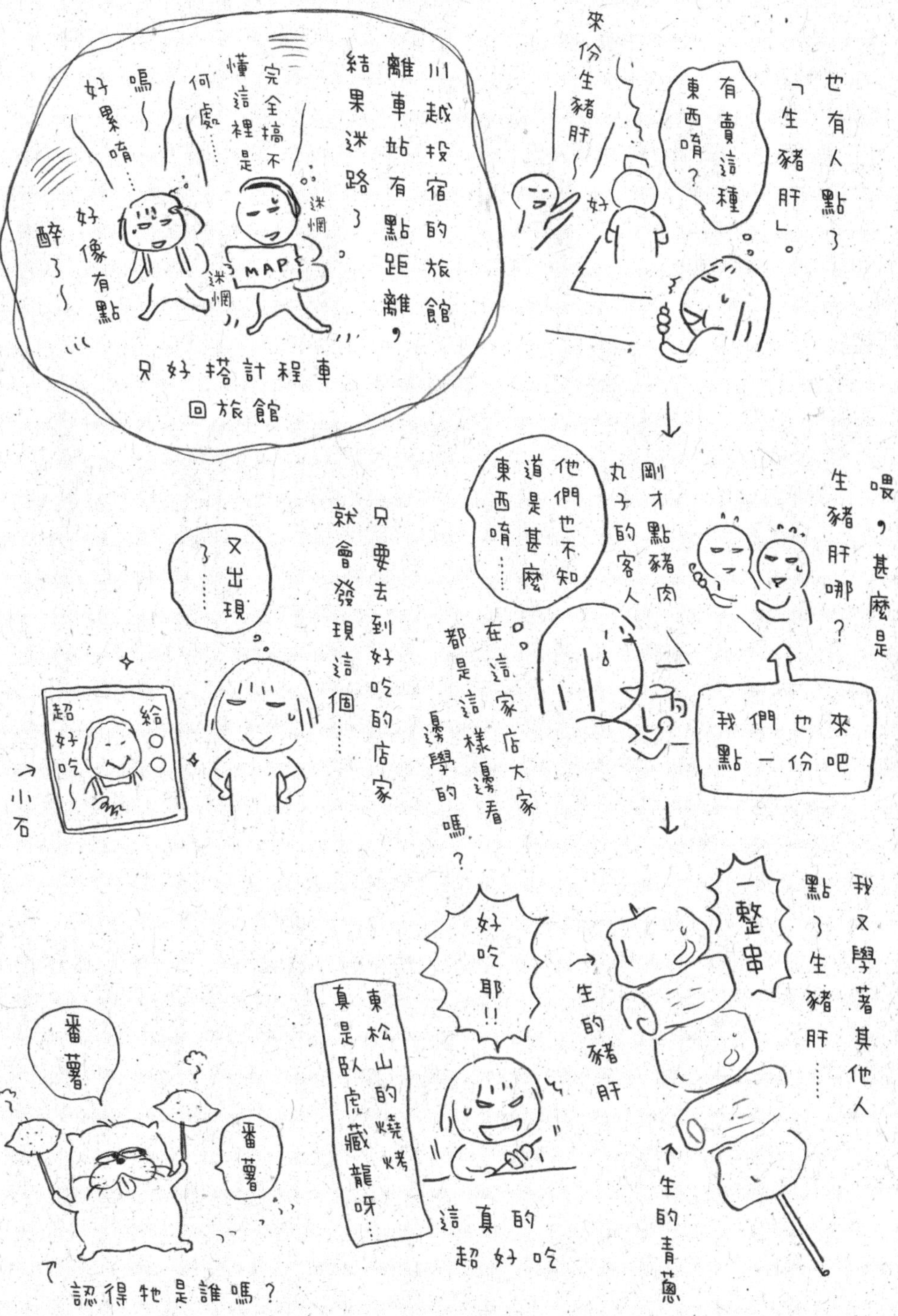
川越投宿的旅館離車站有點距離，結果迷路了。
完全搞不懂這裡是何處……
嗎～
好累唷……
迷惘
迷惘
MAP
好像有點醉了～
只好搭計程車回旅館
也有人點了「生豬肝」。
有賣這種東西唷？
來份生豬肝～
好
喂，甚麼是生豬肝哪？
剛才點豬肉丸子的客人
他們也不知道是甚麼東西唷……
在這家店大家都是這樣邊看邊學的嗎？
我們也來點一份吧
只要去到好吃的店家就會發現這個……
又出現了……
超好吃～
給○○
小石
我又學著其他人點了生豬肝……
一整串
生的豬肝
生的青蔥
好吃耶!!
東松山的燒烤真是臥虎藏龍呀……
這真的超好吃
番薯
番薯
認得牠是誰嗎？

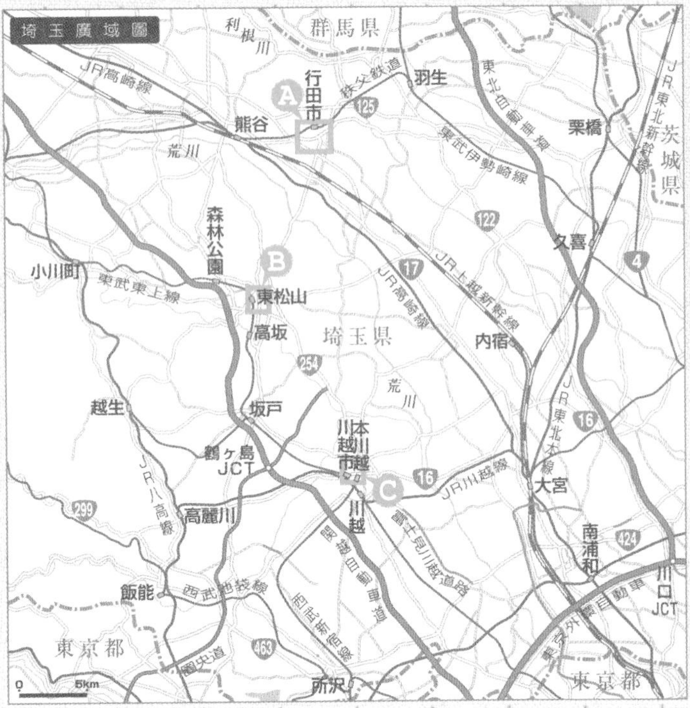

埼玉廣域圖
群馬県
利根川
JR高崎線
行田市
秩父鉄道
羽生
熊谷
荒川
東北自動車道
東武伊勢崎線
栗橋
JR東北新幹線
茨城県
森林公園
小川町
東武東上線
東松山
高坂
埼玉県
JR高崎線
JR上越新幹線
久喜
内宿
越生
坂戸
荒川
鶴ヶ島JCT
本川越
川越市
川越
JR川越線
JR東北本線
大宮
JR八高線
高麗川
關越自動車道
富士見川越道路
南浦和
飯能
西武池袋線
西武新宿線
川口JCT
東京都
圏央道
所沢
東京外環自動車道
0 5km
A
B
C

A
行田市
餐飲店
KANETSUKI堂
行田市
秩父鉄道
桜町
行田市鄉土博物館
（忍城址）
市役所入口
城西1
城西
行田市役所
古澤商店
警察署消防署入口
水城公園
行田市
駒形屋
行田天然溫泉
古代蓮物語
熊谷バイパス
成正寺
持田南
0 200m

B
東松山
西友
上沼公園
東松山市役所
407
黑豬肉燒烤　響
東松山本店
松葉町1
本町2
新明小前
下沼公園
東松山駅入口
箭弓稲荷神社
東松山
イトーヨーカドー
41
東松山
医師会総合病院
東武東上線
桂馬
東松山市
若松町1
五領沼公園
254
0
200m

M-A-P

C
川越
高沢橋
元町咖啡店 CHIMOTO
市立博物館
254
札の辻
川越市役所
川越市
見立寺
養寿院
川越城本丸御殿
初雁公園
三芳野神社
時の鐘入口
岡野屋
時之鐘
新河岸川
長喜院
蔵造りの家並
行伝寺
市立診療所
妙養寺
仲町
妙昌寺
喜多院入口
蓮馨寺
松江町
成田山川越別院
六軒町
連雀町
東武東上線
中央通り
川越大師 喜多院
川越市駅入口
東照宮
東照宮中院通り
中院
ぺぺ
川越市
本川越
JR川越線
西武新宿線
イトーヨーカドー
0
200m

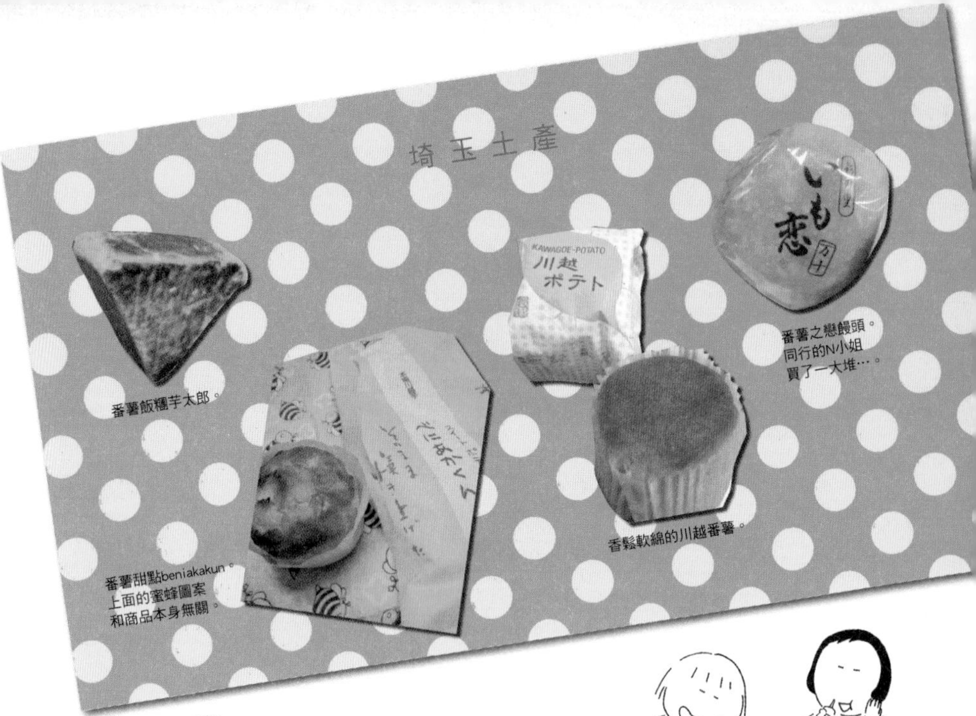
埼玉土產
KAWAGOE-POTATO
川越ポテト
いも恋
番薯飯糰芋太郎。
番薯之戀饅頭。同行的N小姐買了一大堆…。
香鬆軟綿的川越番薯。
番薯甜點beniakakun。上面的蜜蜂圖案和商品本身無關。

♪

從東京出發、當天絕對有足夠時間來回的埼玉縣，我卻輕鬆優閒地在那裡住了一晚。

這裡吃得到炸餅、炸果凍棒等等滋味純樸的零嘴，川越的番薯也好吃極了，從那裡買回來的各種番薯點心更是受到大家的喜愛。

東松山的燒烤也深得我心。那滋味實在太美妙了，之後我還特地從東京一日往返到那裡吃燒烤呢。烤豬肉沾著帶點辣味的味噌醬，再配上啤酒，簡直就是人間天堂呀～。啊，口水忍不住要滴下來囉。這裡的店家很早就打烊了，前來品嘗美食一定要注意時間哦。

2007・10＊LOCAL GOHAN TABI＊TAKAGI NAOKO＊
這次的最愛
「燒烤」
Saitama

➡DATA
駒形屋●埼玉縣行田市水城公園1249（水城公園內） ☎048-556-1111（水城公園）
古澤商店●埼玉縣行田市天滿5-14 ☎048-556-4317
行田市鄉土博物館（忍城址）●埼玉縣行田市本丸17-23 ☎048-554-5911
餐飲店 KANETSUKI堂●埼玉縣行田市本丸13-13 ☎048-556-7811 http://www.geocities.jp/kanestukidou/
行田天然溫泉 古代蓮物語●埼玉縣行田市向町19-26 ☎048-553-7311 http://www.dormy-spa.com/gyuda/
黑豬肉燒烤 響 東松山本店●埼玉縣東松山材木町19-30 ☎0493-22-8888 http://www.hibiki-food.jp/
川越大師 喜多院●埼玉縣川越市小仙波町1-20-1 ☎049-222-0859 http://www.kawagoe.com/kitain/
岡野屋●埼玉縣川越市元町2-7-4 ☎049-222-3042
元町咖啡店CHIMOTO●埼玉縣川越市元町2-3-12 ☎049-226-6969
時之鐘●埼玉縣川越市幸町15-2 ☎049-224-5940（產業觀光部 觀光課）

大啖九州美食 3天胖了2公斤！

長崎&熊本篇

土耳其飯
什錦燴麵
炒烏龍麵
大村壽司
清涼甜湯圓
什錦鹹稀飯
太平燕
嚇一跳糰子
馬肉料理

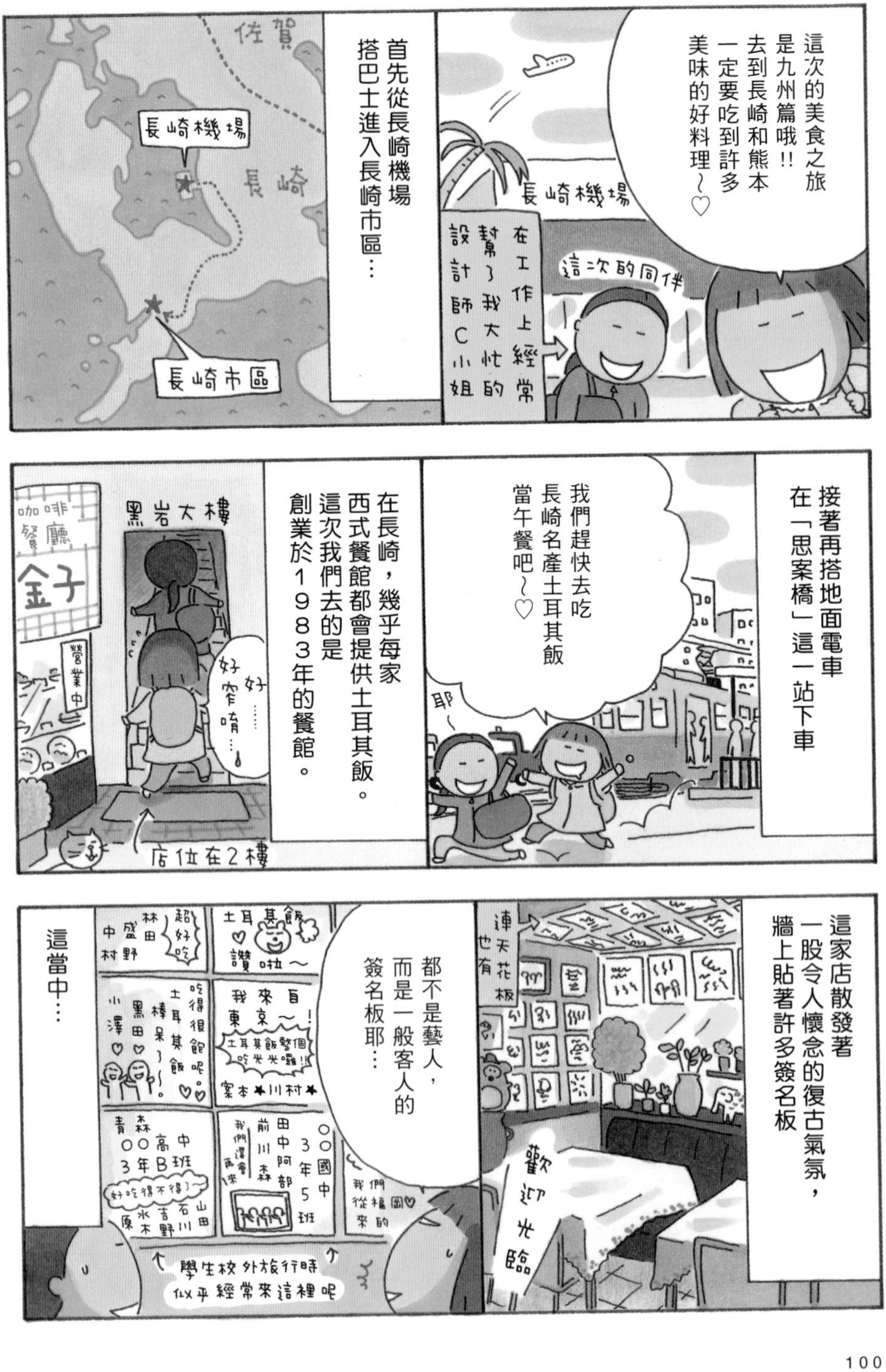
這次的美食之旅是九州篇哦!!去到長崎和熊本一定要吃到許多美味的好料理～♡
長崎機場
在工作上經常幫了我大忙的設計師C小姐
這次的同伴
首先從長崎機場搭巴士進入長崎市區…
佐賀
長崎機場
長崎
長崎市區
接著再搭地面電車在「思案橋」這一站下車
我們趕快去吃長崎名產土耳其飯當午餐吧～♡
耶～
在長崎，幾乎每家西式餐館都會提供土耳其飯。這次我們去的是創業於1983年的餐館。
黑岩大樓
咖啡餐廳
金子
營業中
好……好窄唷…
店位在2樓
這家店散發著一股令人懷念的復古氣氛，牆上貼著許多簽名板
連天花板也有
歡迎光臨
都不是藝人，而是一般客人的簽名板耶…
土耳其飯讚啦～
超好吃
吃得很飽呢
土耳其飯棒呆了～
我來自東京～!
土耳其飯整個吃光光囉!!
青森 ○○高中 3年B班
好吃得不得了～
○○國中 3年5班
我們還會再來
我們從福岡來的♡
學生校外旅行時似乎經常來這裡呢
這當中…

長崎在地美食之①
土耳其飯
「金子餐廳」的土耳其飯￥1000
義大利麵
沙拉
土耳其炒飯
炸豬排
主要特色
★基本上一個盤子裡同時可以吃到土耳其炒飯、義大利麵和炸豬排（不過每家店的配菜組合略有不同，也有各種醬汁可以搭配）。
★土耳其飯名稱的由來，有個說法是因為炒飯是土耳其風味的關係，另外也有一派主張是因為配菜的盛裝方式像極了三色旗(tricolore)，取其發音而稱之為土耳其飯。
這道土耳其飯真可說是「大人版的兒童餐」呢……
我最愛這個義大利麵配菜了~♡
這個炒飯是芝麻口味的耶~
炸豬排也超好吃的~♡
土耳其炒飯好呷
一整盤都是最喜歡的食物，頓時讓人童心未泯了起來……
滿滿一大盤分量倒是成人級的
吃不下了……
每一種都剩下一點點…
我也是…
隔壁桌正與盤中物奮戰中的上班族
肚皮快撐破了~
呼~總算吃完了
大大滿足~♡
嗝
不知道是因為我們把土耳其飯整個吃光了，還是因為身上的背包看起來很重的關係，離開餐廳的時候……
謝謝，辛苦了~
辛苦了~
謝謝招待~
感覺好像在家吃飯喔……
這句話應該是我們的吧……

※後來聽說這家店已經收掉不做了

把行李放在旅館後
開始我們的長崎觀光之旅
第一站要去的
當然是
Glover Garden，
出發囉～!!
這個小山丘曾是前來經商的
外國商人住居處…
哇喔～♥
如今則變成洋房林立的公園
我們在這個風景優美的地方
發呆了一陣子…
可以穿上復古服裝玩角色扮演哦
呵呵呵
呆～
蹭蹭～♥
好多貓咪
在尚且留存著洋風文化的
荷蘭坡附近閒晃
哇～
摩登又時尚的
小城耶～
喘…
喘…
20%
長崎這個地方
好多山坡地呀……
累癱了的兩人趕緊
回旅館補眠…
呼～
哈～
因為一大早就出門了……
到了晚上…
長崎新地中華街
嘩
嘩
去長崎新地中華街
開開眼界

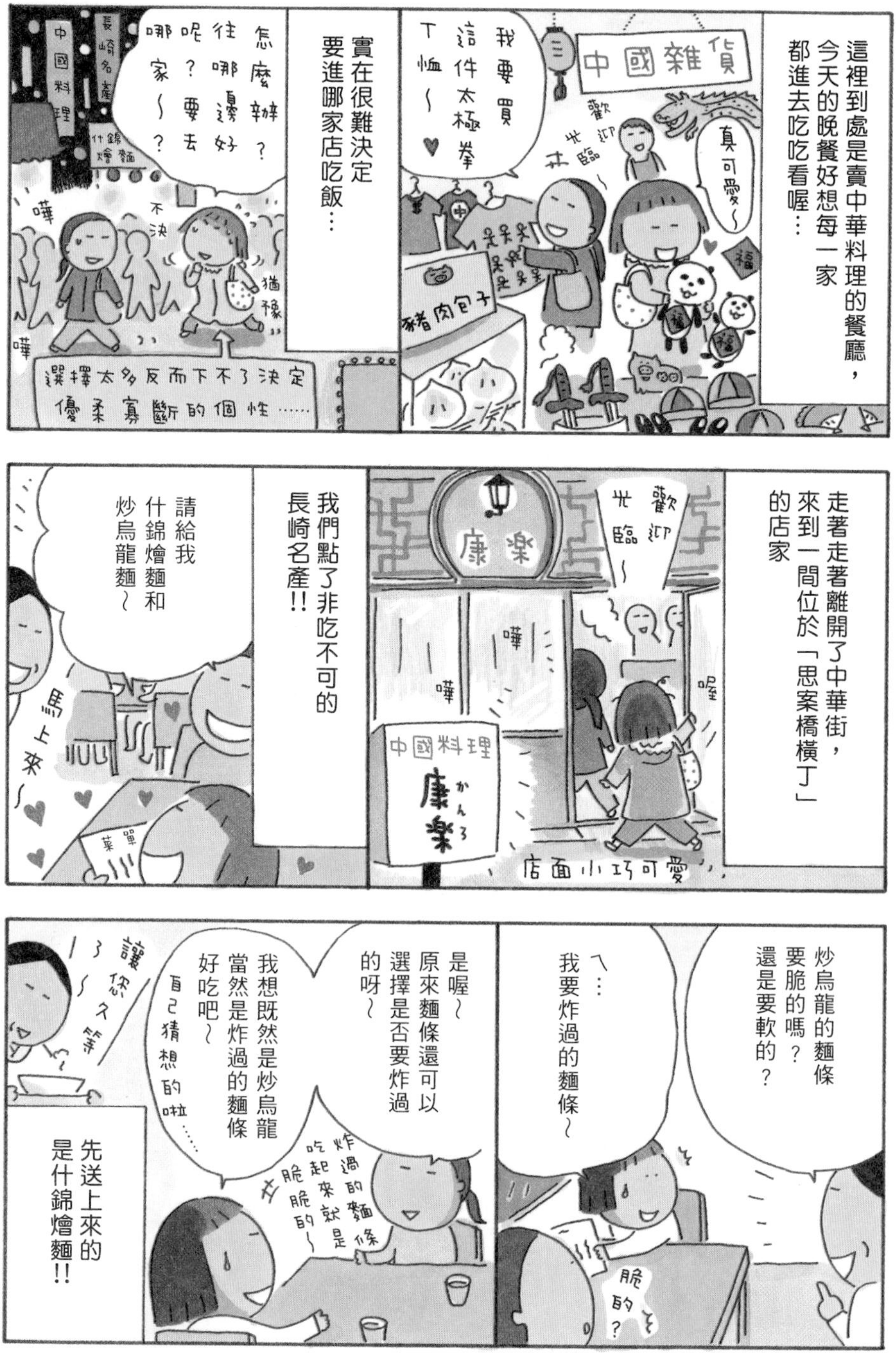
這裡到處是賣中華料理的餐廳，今天的晚餐好想每一家都進去吃吃看喔…
中國雜貨
真可愛～
歡迎光臨～
福
我要買這件太極拳T恤～♥
豬肉包子
實在很難決定要進哪家店吃飯…
怎麼辦？往哪邊好呢？要去哪家～？
長崎名產
中國料理
什錦燴麵
嘩
不決
猶豫
選擇太多反而下不了決定 優柔寡斷的個性……
走著走著離開了中華街，來到一間位於「思案橋橫丁」的店家
歡迎光臨～
康樂
嘩
喔
中國料理 康楽 かんろ
店面小巧可愛
我們點了非吃不可的長崎名產!!
請給我什錦燴麵和炒烏龍麵～
馬上來～
菜單
炒烏龍的麵條要脆的嗎？還是要軟的？
ㄟ…我要炸過的麵條～
脆的？
是喔～原來麵條還可以選擇是否要炸過的呀～
我想既然是炒烏龍當然是炸過的麵條好吃吧～
自己猜想的啦……
炸過的麵條吃起來就是脆脆的～
讓您久等了～
先送上來的是什錦燴麵!!

長崎在地美食之②
什錦燴麵
「康樂」的什錦燴麵
¥800
高麗菜、豆芽菜、花枝、豬肉…等等
主要特色
★將蔬菜、肉、魚貝類、魚板等各種配料炒過後，與以雞骨或豬骨熬成的濁白色高湯及麵條一起快速拌炒入味的料理。
★明治時代的中國留學生想出來的一道價格便宜、營養豐富的料理。
哇~帶點甜味的清淡口味~♡
沒想到滋味這麼清爽而溫潤，真好吃~♡
嘩
嘩
2人分食一份
兩位久等了~
來了~
接下來是炒烏龍麵
長崎在地美食之③
炒烏龍麵
「康樂」的炒烏龍麵(油炸麵條)
¥800
主要特色
★雖然稱為烏龍麵，使用的卻非烏龍麵條，而是一種油炸過的細麵條(通稱脆麵之類的)。
★配料炒過之後勾芡、淋在麵條上食用。

炒烏龍麵黏呼呼的配料加上脆脆的麵條一起吃真是美味呀～♡
歡迎光臨～
每一口都吃得到滿滿的蔬菜，真棒～
嚼
喀滋
喀滋
嚼
後來才知道，長崎人吃炒烏龍麵時都會淋一點英國辣醬油
放在餐桌上
辣醬油
嗚嗚…下次去一定要吃吃看淋了英國辣醬油的滋味～
人家不知道說～
哇～吃得好飽喔!!
嗝
謝謝光臨～
吃了兩大盤燴麵和炒烏龍麵後，我們跑到日本三大夜景之一的稻佐山去看夜景
搭纜車到山頂約5分鐘
嗡～
日本三大夜景
★函館山
★六甲山
★稻佐山
在群山環抱的長崎，傍山林立的家屋層層綿延到山邊…
白天時的風景
因此山坡路特別多
斜面都市長崎的3D立體夜景十分壯觀而美麗～
纜車上的播音導覽
我也是第一次聽到這個名詞～
斜…斜面都市？
在這個斜面都市長崎我們看到的夜景是…

天哪～果真是立體的耶，太美了吧!!
好漂亮喔～
從稻佐山公園瞭望台頂樓遠眺。
哇～比我想像中的還漂亮耶～能親眼目睹真是太幸福了～♡
不愧是日本三大夜景啊!!
嘩
嘩
我也覺得好感動喔～
手舞足蹈
在長崎夜景的陪伴下我們回到旅館愉快地入睡了…
呼～
咕嚕～
抓
抓
第二天早晨…
啾
啾
這次與我同行的C小姐有一群一起學太極拳的朋友…
24式太極拳
趁著難得的清晨我們於是一起打了太極拳
旅館房間裡怪怪的兩人……
喝～
嘿～
運動一下肚子更餓，今天2人又能繼續大口飽嘗長崎美食囉…

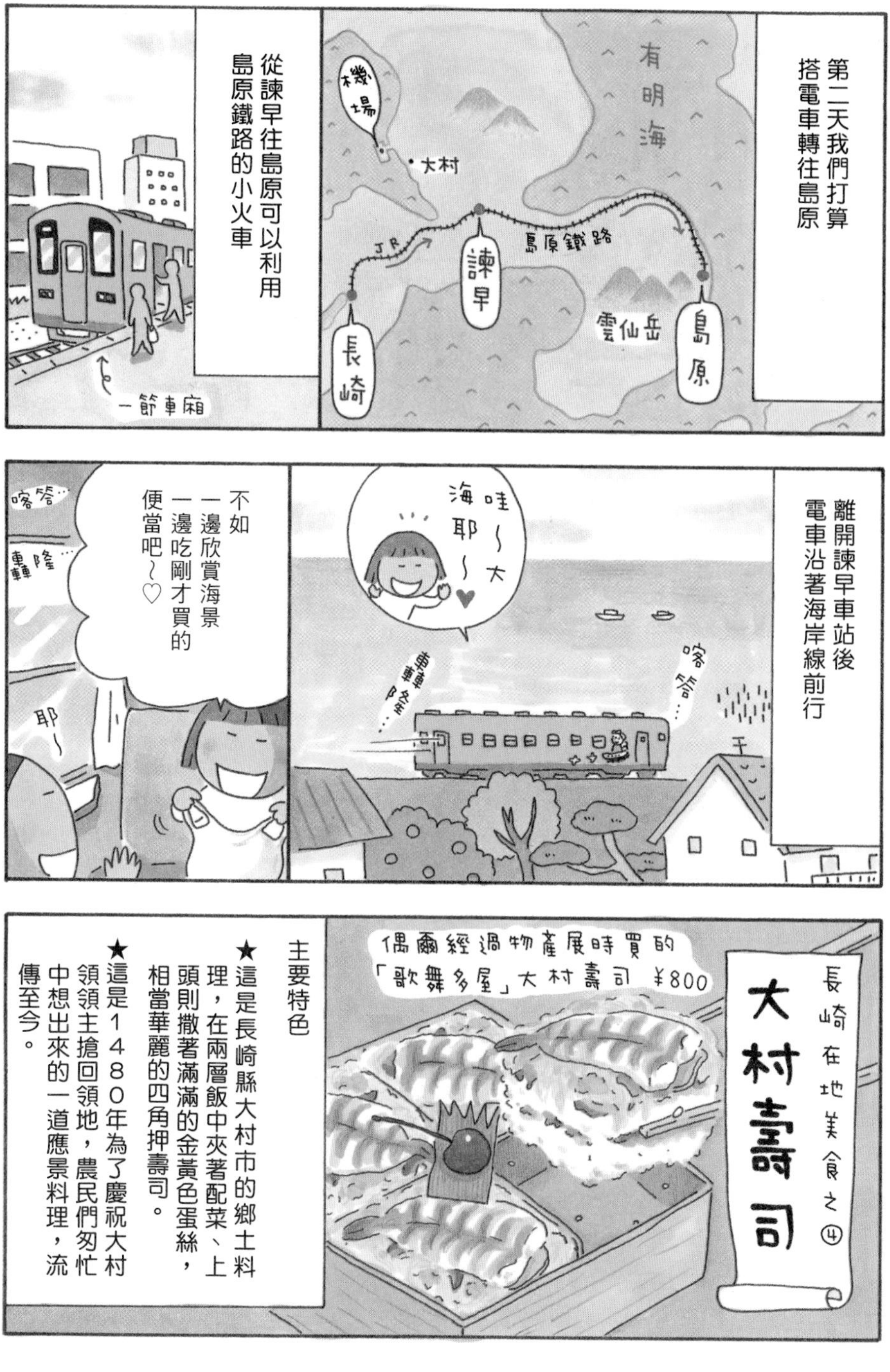
第二天我們打算搭電車轉往島原
有明海
機場
大村
JR
島原鐵路
諫早
長崎
雲仙岳
島原
從諫早往島原可以利用島原鐵路的小火車
一節車廂
離開諫早車站後電車沿著海岸線前行
哇~大海耶~
喀答…
轟隆…
不如一邊欣賞海景一邊吃剛才買的便當吧~♡
喀答…
轟隆…
耶~
長崎在地美食之④
大村壽司
偶爾經過物產展時買的「歌舞多屋」大村壽司 ¥800
主要特色
★這是長崎縣大村市的鄉土料理，在兩層飯中夾著配菜、上頭則撒著滿滿的金黃色蛋絲，相當華麗的四角押壽司。
★這是1480年為了慶祝大村領領主搶回領地，農民們匆忙中想出來的一道應景料理，流傳至今。

嗯～搭這種小火車旅行感覺不錯耶～♡
喀答…
轟隆…
好吃～
好吃～真優閒哪～
從長崎搭了約80分鐘的電車終於抵達島原…
趕緊來去島原觀光，let's go～!!
島原四處都可見到湧泉，因此有「水都」之稱…
哇，鯉魚在游泳耶～
好乾淨的水唷～!!
鎮上處處都設置了湧泉的飲水場…
可以自由飲用
長庚之泉
獅子呀…
至今有些住宅區依然取用湧泉水當日常生活用水
濱之川湧泉
好棒的設計～
在哪個區域清洗何物有嚴格規定
清洗區使用規則
①魚類、食品清洗區
②餐具、食品沖洗區
③餐具、食品清洗區
④洗衣區（不可清洗尿布、褲子、襪子）

我們來到一家提供以島原的新鮮湧泉製作甜點的咖啡廳
理髮館
以大正時期的理髮館建築改裝的「藍色理髮館工房MOMO」
我們點的是…
請給我這個清涼甜湯圓!!
好的～
還要玄米檸檬茶～
長崎在地美食之⑤
清涼甜湯圓
「藍色理髮館工房MOMO」¥350
主要特色
★這道冰涼的甜點是島原地區的鄉土點心，將小小顆的湯圓以清水沖涼後淋上以砂糖或蜂蜜調成的糖漿食用。
嗯～好純樸的滋味唷～好吃～
彈Q～
住在這種水質清澈的地方真幸福哪～
來到島原一定要去的地方就是島原城
因島原之亂而聞名
哇～歷史課的時候有講過～
1637年!!

城堡附近還留有當時下級武士居住生活的武家住居遺跡…
這裡也有流水耶～
江戶時代用來供給飲用水的送水道
裡面有3個房間公開給大眾參觀
設置了蠟像
好簡樸的家居生活哦～
蠟像有點恐怖哩…
接著進入島原城參觀
島原城
入場費 ¥520
您的票～
從天守閣頂層可遠眺90年代初期曾經火山爆發過的雲仙山群
西側
裡面那座「平成新山」據說是火山爆發之後形成的山哦
是喔!? 竟然可以造出這麼大一座山!?

另外一側則可飽覽有明海的明媚風光
隱約可以瞧見對岸耶~
那是熊本縣吧？
東側
眺望過如此雄偉的景色之後…
發呆~
我們到城堡附近的店家吃晚餐
姬松屋
♫
歡迎光臨~
我們的目標是島原名產什錦鹹稀飯!!
嗯~什錦鹹稀飯適合配啤酒嗎~…
那就再加點炸牡蠣吧~
很想喝一杯說♥
長崎在地美食之⑥
什錦鹹稀飯
「姬松屋」的什錦鹹稀飯 ¥980
姬松屋
姬松屋
主要特色
★除了糯糬還加了蔬菜、肉類、魚貝類等等山珍海味，配料十分豐富的鹹稀飯。
★這是1637年島原之亂發生時，反抗軍大將天草四郎請求農民們做來當軍隊伙食的料理。

有糯糬、豆腐、雞肉、蓮藕、香菇、河鰻…配料真豐富耶~
清爽高雅的滋味~♡
平常只有過年時才能吃鹹稀飯，在這裡能吃得到真是太開心了~
大口滿足地吃完鹹稀飯後…
啊哈哈…
啤酒
炸牡蠣
鹹稀飯
回到今天投宿的旅館
旅館
這裡有個大澡堂可以泡島原溫泉…
今晚就把旅途的疲累全部一掃而空吧…
優閒地泡泡島原溫泉~♡
呵
耶
心裡打著如意算盤…
喂~這邊啦
這蓮蓬頭怎麼用啊？
啊~
老師來了~
告訴你哦~
呵呵呵
〇〇，你動作很慢耶~
太驚人了…
啊哈哈哈
討厭~
嗨~
嗨~
整間浴室塞滿了前來旅行的某高中女校學生，熱鬧極了…
這時候…
呵呵…你們是從哪裡來這裡畢業旅行的？
ㄟ!?
不…我們是…
啊哈哈
喂~

呵呵…即使是因為溫泉蒸氣太重看不清楚，但誤認我們是高中女生也太不可思議了吧？
傷腦筋～♥
←33歲，，，
嘿嘿，還說我們是來畢業旅行呢～
比我年長
當夜兩人就這麼喜孜孜地入睡了…
嘿嘿嘿
咕～
呼～
隔天早晨——
啾啾……
一大早我們又跑去泡湯，然後打太極拳…
搖
晃
喝～
怪怪2人組……
早餐是美味的自助餐
嘿嘿…♥
日式↓
←西式
要吃甚麼咧……
名產 湧泉豆腐
有明海產 魚板
有明海苔
退房之後搭計程車到島原外港
今天我們要在這裡搭交通船往有明海…
島原→熊本30分鐘
OCEAN ARROW
熊本交通船
售票處
要去熊本玩囉～!!
耶～

從島原港往返熊本港的交通船有2種…
熊本交通船
快速船
所需時間30分鐘
單程¥800
九商交通船
慢速船
所需時間60分鐘
單程¥680
我們想快點抵達熊本
於是選擇較快速的熊本交通船
在售票口發現了這張海報
今日的海鷗預報
有很多海鷗來玩耍哦。
咦？
在船上可以「賞鳥」，所以購票時順便一起買了「海鷗飼料」
海鷗飼料
¥100
calbee
蝦鮮味
10~4月左右時機最好
熊本交通船
附贈船隻紙模型
就是這個
交通船離開了島原港…
嗡~~
再見囉島原~
我們去餵海鷗們吃東西吧~
嘿嘿嘿…♥
蝦鮮味
蝦鮮味
一上甲板
冷颼颼的海風撲面而來
哇~
咻……

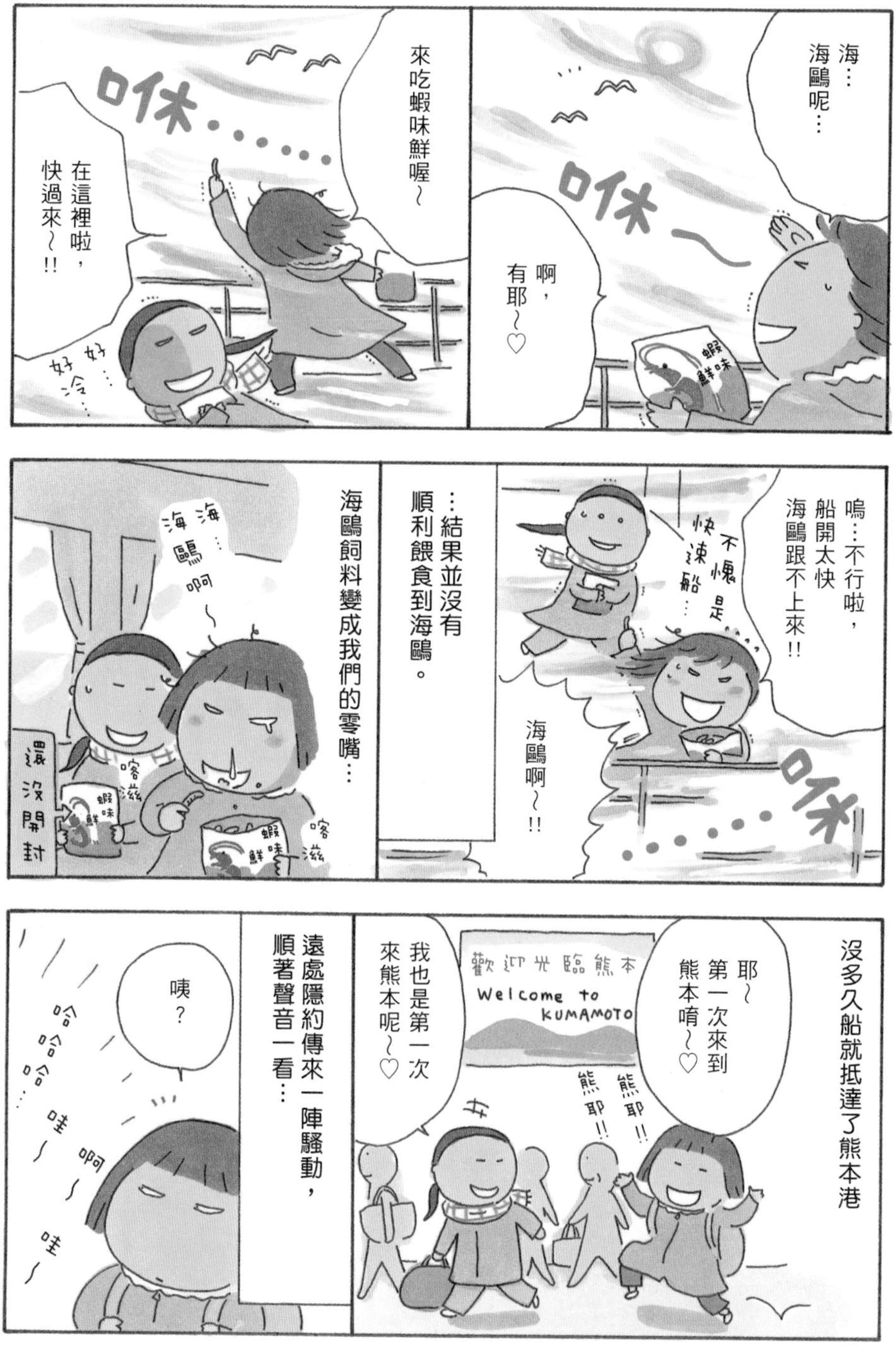
海……
海鷗呢……
咻～
啊，有耶～♡
蝦鮮味
來吃蝦味鮮喔～
咻……
在這裡啦，快過來～!!
好好冷……
嗚…不行啦，船開太快海鷗跟不上來!!
不愧是快速船…
海鷗啊～!!
咻……
…結果並沒有順利餵食到海鷗。
海鷗飼料變成我們的零嘴…
海海鷗…啊～
喀滋
喀滋
還沒開封
蝦味鮮
蝦味鮮
沒多久船就抵達了熊本港
耶～第一次來到熊本唷～♡
歡迎光臨熊本
Welcome to KUMAMOTO
熊耶!!
熊耶!!
我也是第一次來熊本呢～♡
遠處隱約傳來一陣騷動，順著聲音一看…
咦？
哈哈哈…
哇～
啊～
哇～

從熊本往島原的交通船上擠滿了前來校外教學的學生們⋯⋯
即將出航
哇~
哈哈⋯
哈哈
耶~
哇~
哈~
海鷗群超捧場的!!
快來唷
真棒
真棒
呱呱
啪
呵呵呵
哇
哈
啪
啪
嗚嗚⋯早知道就等船停下來的時候再來餵海鷗~
聚集那麼多隻~
真不甘心⋯
竟然忌妒起這些來旅行的學生們⋯
搭巴士往熊本市區前進
從港口約30分鐘車程⋯⋯
噗一嚕
因為是第一次來熊本,原本的想像中這裡是這個模樣的⋯
阿蘇山
野生熊~
實際上熊本市中心卻相當都會化
哇喔~好多高樓大廈⋯
HOTEL
英語會話
HAPPY
百貨公司
SALE
餐廳
特價品
美術品
地面電車

下車後
馬上去找熊本名產當午餐
開在商店街裡的一家時髦餐廳…
紅蘭亭
哇喔~!!
這裡的店員都穿得好性感哩~♡
讓您久等了~
店裡的客人真多呀~
座無虛席…
怪叔叔？→
嘩
嘩
下車後我們點了這道菜!!
熊本在地美食之①
太平燕
「紅蘭亭」下通本店的太平燕　¥735
高麗菜、竹筍、白木耳、豬肉、花枝、蝦子、油炸蛋等等…
主要特色
★高湯（基本上是雞湯，每家店略有不同）裡加了冬粉與蔬菜、肉類、蛋等各種配料，相當具有熊本當地特色的麵食。
★以中國福建省的料理為藍圖加以改良而成。
★在熊本，除了中華料理店，學校的營養午餐也經常出現這道麵食，是非常受歡迎的料理。
細麵加上清淡的湯頭相當順口呢~
我的是冬粉，裡面還加了一大堆蔬菜，吃起來好健康唷~
好吃~♥
結束愉快的午餐之後我們登上了熊本城
可惜天守閣正在整修中沒辦法上去，只能爬到旁邊一個小小的城堡上參觀

哎～
今天天氣陰陰的，
風景看不太清楚呢～
請問從這裡
可以看得到
阿蘇山嗎？
平常的話
可以看到阿蘇山
就在那邊，
但今天應該是
看不到囉～
導覽大叔
喔…
阿蘇在那邊
呀～（註）
真可惜…
是在玩雙關語嗎？

（譯註：日語的「阿蘇」發音與「那邊」雷同）

之後我們優閒地
在熊本四處觀光…
小泉八雲
熊本舊居
發呆～
傍晚…
因為今天一定得趕回東京，
就在我們差不多要回家時…
巴士轉運站
熊本交通中心
買了熊本拉麵～
熊本
熊本

在巴士轉運站內發現
這家店於是買了些東西吃
熊本的家鄉味
上通饅頭
熊本名產
嚇一跳糰子
嚇一跳？
哦
熊本在地美食之②
嚇一跳糰子
「上通饅頭」的
嚇一跳糰子￥70
黑糖
口味
★在麵糰裡包入番薯和紅豆餡蒸熟的甜點，自古即是熊本地區家家戶戶都會做的點心。
★「做法簡單得嚇人（熊本方言為「簡單」之意）」「給突然來訪的客人的點心」等等，名稱的由來眾說紛紜。

哇喔～裡面包著滿滿的番薯和紅豆餡耶～♡
熱呼呼～
好特別的糰子，一定要拍照留念!!
喀擦
喀擦
你看看那兩個孩子竟然對嚇一跳糰子這麼感興趣呀
還拍照呢～
當地人稱糰子為「DAGO」
接著搭巴士朝機場移動…
噗－嚕
熊本機場
噗～
熊本市
詫麻市民中心前
巴士站
搭了30分鐘左右在半途下車繞到這家店去…
飲食店
推開
歡迎光臨
好滋味
生馬肉
KATSUMI
就在巴士站旁
打算在這裡吃最後一道熊本名產「馬肉料理」!!
熊本在地美食之③
馬肉料理
「KATSUMI食堂」的
生馬肉 ¥1000
燉馬腸
¥650
主要特色
★熊本是著名的馬肉產地，在超市就能買到，是一般家庭料理經常使用的肉類。
★有生馬肉、涮涮鍋、烤肉、燉肉、肉排等等各種馬肉料理。

這是我第一次吃馬腸耶，沒甚麼怪味道，比想像中容易入口唷~
馬腸
馬肉飯
馬肝
馬腸定食
我也是第一次吃生的馬肉，味道挺好的~♡
也很適合配啤酒~
真是美味~~~（註）
呀♥
嘻嘻嘻~
又在玩雙關語囉!?

（譯註：日語的「美味」發音與「馬」雷同）

啊…可惜我肚子太飽沒辦法再吃了…
炭火
燒烤菜單
烤馬肉
生馬腸
馬心臟
馬動脈
好想吃吃看這些料理喔~
難道是剛才的「嚇一跳糰子」到現在還沒消化完？
呼~
我們叫了計程車繼續往機場前進…
計程車來了唷~
謝謝~
講話帶點九州腔呢…

在車上司機大哥為我們小小上了一課熊本腔…
從店家到機場車程約30分鐘 ¥2500
你們知道「HIDARUKA~」是甚麼意思嗎？
HIDARUMA?
不知道~
就是在說「肚子餓得發慌」啦
就這樣結束了愉快的三天兩夜長崎&熊本之旅
熊本機場
下次真想在熊本住一天還要去阿蘇玩耍~
好笑吧♥
……
土產
名產

（譯註：日語的「阿蘇」發音與「玩耍」雷同）

土耳其飯

地面電車真可愛…

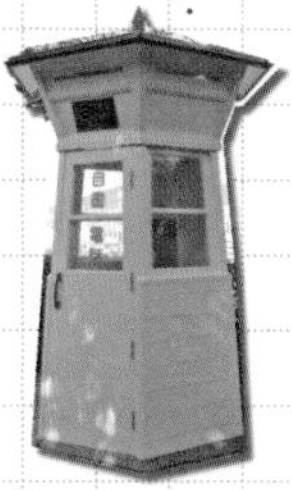

喀答轟隆

旅情寫真館

賣冰淇淋的阿姨

叮噹叮噹冰淇淋

／ Glover Garden 的景致 ＼

住了…♡

什錦燴麵

炒馬龍麵

燴麵巴士

嘿嘿嘿♡

早餐就吃了長崎蛋糕…

旅情寫真館

搭島原鐵路GO!!

眼前是廣闊大海的…

汪洋一片～

獅子…

嘩啦～

大村壽司長得很像女兒節時吃的料理

清涼甜湯圓♡

武家住居遺跡

島原城

配料超豐富的鹹稀飯不太適合配啤酒…

太平燕

海鷗飼料組

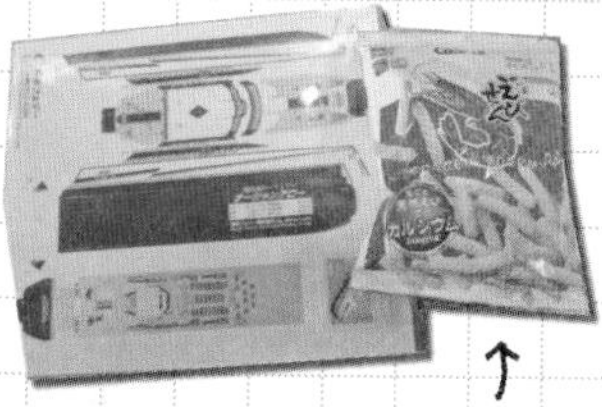

自己吃掉了

熊本城

熊…

糰子!!

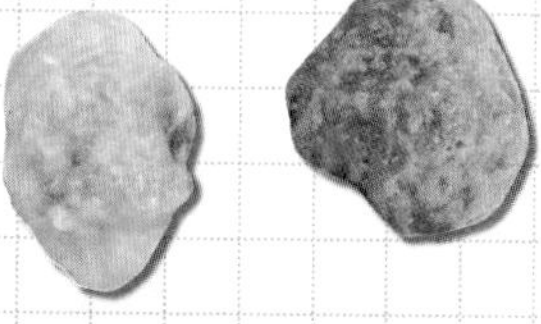

嚇一跳!!

加藤清正塑像!!

馬肉好吃～

旅行筆記
長崎
旅行前其實因為感冒抱病在床…
嗚嗚…耳朵好痛!!
嘰
嘰
鼻塞時搭飛機耳朵超痛的
尚未完全康復
感冒藥
生病時吃土耳其飯覺得好累~。
喘…
喘…
但很好吃耶♡
吃什錦燴麵和炒烏龍麵就好一點了。
不但還能喝啤酒
沒錯~
烏龍茶
到了吃島原鹹稀飯時已經完全康復!!
哇哈哈~
啤酒
炸牡蠣~
太好了~
偶爾遇到長崎物產展…
多羅先生
名產
多羅先生麵線?
多羅先生麵線
誰是多羅先生啊?
哦,你們不曉得多羅先生?
多羅先生是外海町的神父啦~
回到東京之後
你知道多羅先生嗎?
…我請教來自長崎的朋友。
哦,是一位神父啦
不是多羅,是多·羅先生哦!!
果然知道…。
在Glover Garden有貓咪跳上我的背…
喵~
哇~
啊~

這次的行程中有附一張「LUCKY計程車2000日圓乘車券」的優惠券…
長崎市內四處可見
LUCKY
LUCKY TAXI
上面有小兔子圖案
真的要搭時卻不見半台…
有計程車但不是LUCKY的!!
那台計程車也是UNLUCKY的啦～
稱呼其他公司計程車為UNLUCKY的2人…
島原有個名叫「英吉利」的在地美食…
（發音與「海藻」雷同）
其實是因為裡面加了一種稱為「海藻」的食材。
因為四處都找不到，只好問當地人…
英吉利…？我不知道有這東西耶…
大家都是一問三不知，所以這次就先跳過囉…。
熊本
逛了一下熊本的超市，在鮮肉區發現了馬肉。
真的有賣耶～
馬肉區
觀光客偏愛吃霜降生馬肉…
霜降是賣給觀光客的啦～
但當地人其實最愛的是赤身生馬肉
與計程車司機閒聊時…
熊本的一般家庭都會在家做馬肉料理嗎？
是啊，烤的或煮的都有～
滿口熊本腔
不過…我的胃因病切除了…
消沉…
已經沒辦法吃馬肉囉…
突然說起喪氣話…
（對…對不起啦）
肚子餓得發慌呢～
（熊本腔）
咕嚕～
咕嚕～

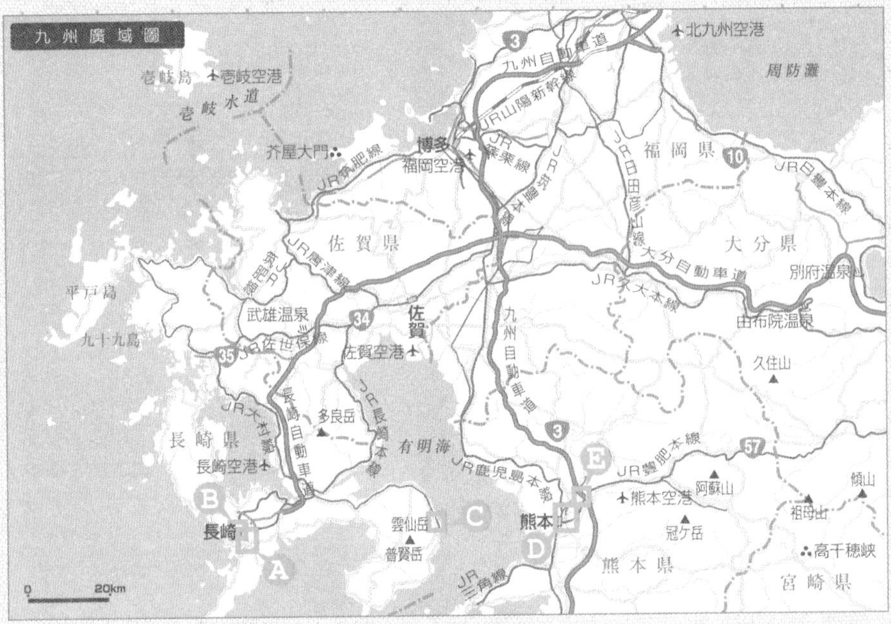
九州廣域圖
北九州空港
周防灘
壱岐島
壱岐空港
壱岐水道
九州自動車道
JR山陽新幹線
芥屋大門
博多
福岡空港
JR筑肥線
JR篠栗線
JR筑豊本線
JR日田彦山線
福岡県
JR日豊本線
佐賀県
大分県
JR唐津線
JR筑肥線
大分自動車道
別府温泉
平戸島
武雄温泉
JR久大本線
佐賀
由布院温泉
九十九島
JR佐世保線
九州自動車道
佐賀空港
久住山
長崎自動車道
JR長崎本線
多良岳
JR大村線
有明海
長崎県
JR豊肥本線
長崎空港
JR鹿児島本線
阿蘇山
傾山
熊本空港
祖母山
長崎
雲仙岳
熊本
冠ケ岳
普賢岳
高千穂峡
熊本県
JR三角線
宮崎県
0
20km

MAP

長崎市街道圖
0
200m
長崎駅前
JR長崎本線
長崎
長崎電気軌道
長崎市役所
公会堂前
中島川
長崎市
松翁軒本店
（長崎蛋糕）
眼鏡橋
長崎大波止ターミナル
長崎県庁
出島
出島
西浜町
長崎港
観光通り
思案橋
長崎新地中華街
正覚寺下
長崎水辺の森公園
中華料理 康樂
大浦海岸通
荷蘭坂
大浦天主堂下
孔子廟
中国歴代博物館
ながさき出島道路
大浦天主堂
石橋
長崎南山手物語 Glover Garden

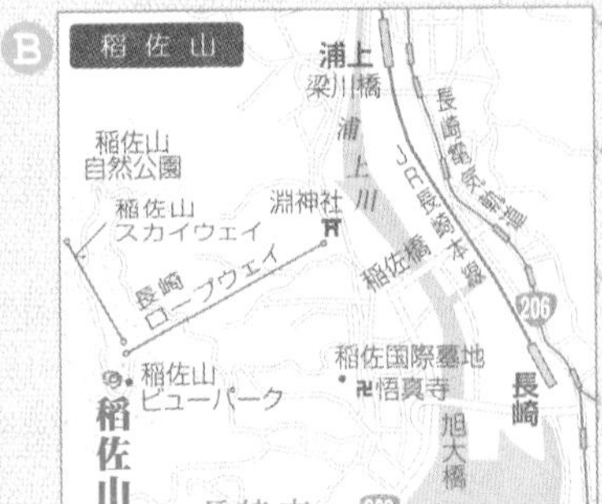
稲佐山
浦上
梁川橋
浦上川
長崎電気軌道
JR長崎本線
稲佐山自然公園
稲佐山スカイウェイ
淵神社
長崎ロープウェイ
稲佐橋
稲佐国際墓地
悟真寺
稲佐山ビューパーク
稲佐山
旭大橋
長崎
長崎市
0
300m

C

E

D

➡DATA
荷蘭坂●長崎縣長崎市東山手町
☎095-829-1314（長崎市觀光宣傳科）
Glover Garden●長崎縣長崎市南山手町8-1
☎095-822-8223 http://www.glover-garden.jp/
長崎新地中華街●長崎縣長崎市新地町
中華料理 康樂●長崎縣長崎市本石灰町2-18 ☎095-821-0373
稻佐山●長崎縣長崎市稻佐町 ☎095-861-6321
出島●長崎縣長崎市出島町6-1（出島綜合案內所）
☎095-821-7200
松翁軒本店●長崎縣長崎市魚之町3-9 ☎0120-150-750
http://www.shooken.com/

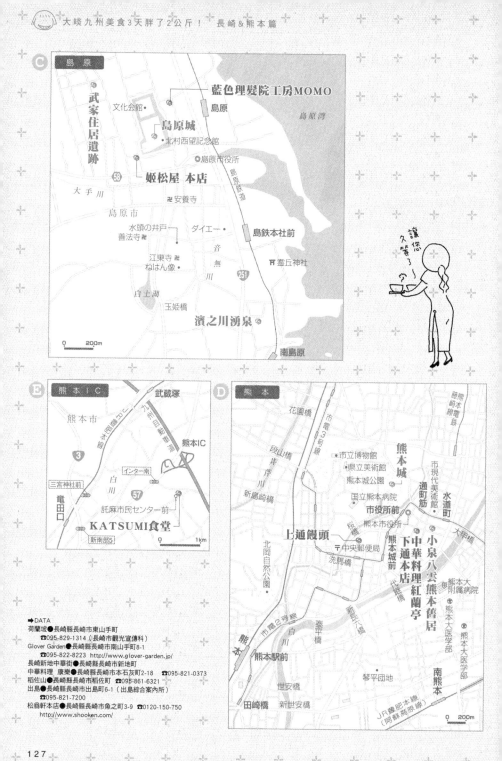

長崎 & 熊本土產
辣味蓮藕片
讓人一口接一口停不了啊～。
推薦給正在減肥中的人!?
用馬克杯泡的太平燕。
松翁軒的長崎蛋糕。
底下的粗糖顆粒真好吃～。
鐵盒上印的「がまだしてます」
是加油、振作的意思。
島原鐵路限定版糖果。
在熊本買的
各種拉麵。
がまだしてます
島原鉄道
島原鉄道限定ドロップス
太平燕
赤龍
ロン龍
アベックラーメン

呵
耶

啤酒
炸牡蠣
鹹稀飯

這次的行程是3天2夜的長崎～熊本之旅。坐在島原鐵路上的小火車一路搖搖晃晃、搭交通船跨海到熊本等等，搭乘各種交通工具移動真是有趣極了。

我很喜歡那家賣土耳其飯的「金子餐廳」，但是去過2個月後它卻熄燈結束營業了，真可惜…（老闆，長久以來辛苦了！）。不過還有其他不少店家也提供土耳其飯，有興趣吃吃看大人版兒童餐的話一定要去試試。

因為待在熊本的時間不長，沒辦法去太多地方觀光，但有吃到一直很想嘗嘗看的太平燕和我超愛的生馬肉，已經很滿足了。這三天毫無禁忌地大吃大喝的結果，體重直線暴增。完蛋了…。

LOCAL GOHAN TABI＊TAKAGI NAOKO＊2007・11＊
這次的最愛
「土耳其飯」
Nagasaki
Kumamoto

➡DATA
濱之川湧泉●長崎縣島原市白土桃山2 ☎0957-63-1111（島原市公所）
武家住居遺跡●長崎縣島原市下之町 ☎0957-63-1111（島原市公所）
島原城●長崎縣島原市城內1-1183-1 ☎0957-62-4766 http://www.shimabarajou.jp/
藍色理髮院工房MOMO●長崎縣島原市上之町888-2 ☎0957-64-6057 http://ww.shimabara.jp/kobo-mo2/
姬松屋本店●長崎縣島原市城內1-1208 ☎0957-63-7272 http://www.himematsuya.jp/
中華料理紅蘭亭 下通本店●熊本縣熊本市安政町5-26 ☎096-352-7177
熊本城●熊本縣熊本市古京町1-1 ☎096-352-5900 http://www.manyou-kumamoto.jp/castle/
小泉八雲熊本舊居●熊本縣熊本市安政町2-6 ☎096-354-7842
上通饅頭●熊本縣熊本市櫻町1-1熊本交通中心BF ☎096-359-4838
KATSUMI食堂●熊本縣熊本市長嶺東7-11-8 ☎096-380-2987

好～這次一定要每種都吃到～!!
耶～
美食地圖
呼～太好吃了♡
嗝
好，來去吃下一攤～
哇喔～終於吃完了
呼～
嗯～接下來是…
嗚嗚～撐得好痛苦…可是還要再吃一家～
さ…
想要一路吃透透絕對要有計畫性且不可勉強呀…。

嚼
嚼

和母親大人同遊美食吃到爆的美食之都！

大阪篇

炸肉串
綜合果汁
烏龍麵
蛋包飯
章魚仙貝

這次的旅行打算跟母親大人一起到處處皆美食的大阪
我的媽媽
出生、成長於三重縣。看起來瘦瘦的，食量卻比我還大。
我是媽媽啦～
即將邁入60歲…
長這麼大還不曾跟老媽兩人一起出門旅行…
喀答…
要喝養樂多嗎？
轟隆…
嗯…不要
現在是甚麼情況
對於這趟旅行的結果我其實有點擔心
我們從老家三重搭近鐵線到近鐵難波車站
不愧是大阪，好多人哪～
難波人行道
嘩
比三重多了好幾倍唷～
在大阪，趕路的人要走左側
嘩
你看～大家搭電梯都站右側耶～
母女倆講著三重腔聽起來雖然像大阪腔但其實對大阪腔一點也不瞭解
將行李放在寄物櫃後開始閒逛，打算往通天閣去
抱歉，請問通天閣在哪邊～？
從這裡直走就到了～
MAP
馬上就迷路了…
啊…到了!!
那就是通天閣啦～!!
高～聳
日立プラズマテレビ
通天閣
1956年興建完成，直直立於新世界，是大阪的地標（100公尺）

通天閣周邊有不少賣炸肉串的店家…
新世界名産
串燒
土手燒
日本第一
炸肉串
肉串
嘩
妙的是這裡竟然有好多大叔耶…
保証好吃
炸肉串
專門店
大阪燒
河豚
ZUBORAYA
新世界炸肉串
嘩
我們馬上找了其中一家吃午餐
創業昭和四年
DARUMA
新世界元祖炸肉串
有一些人在排隊
店裡的菜單列出了各式各樣的炸肉串…
串 各105日圓
・元祖炸肉串 ・豬肉串 ・雞肉丸子 ・軟骨 ・雞皮 ・砂囊 ・鱚魚
・花枝鬚 ・竹筍 ・蘆筍 ・馬鈴薯 ・地瓜 ・香菇
・紅蘿蔔 ・蓮藕 ・洋蔥 ・白蔥 ・辣椒 ・茄子 ・秋葵
・薑 ・乳酪竹輪 ・香腸 ・番茄 ・麻糬 ・鵪鶉蛋 ・乳酪
單點（快速上菜）
特製泡菜
土手燒
想吃的都各點1串吧~
不好意思，我們第一次來，可以請你推薦嗎？
店員大哥
哦~這樣呀~
我們這裡賣最好的是牛肉串…
我個人則比較愛吃乳酪和麻糬、香腸還有雞皮啦~
糟…糟糕，問這種年紀輕的店員結果都推薦一些年輕人愛吃的…
ㄜ…那就…來個牛肉串…還有辣椒、蓮藕…章魚和洋蔥…
問~店員卻完全不參考人家的推薦
抱歉囉，店員大哥…
好的…
基本上老媽是屬於我行我素派的

我還要啤酒～媽，你要喝甚麼飲料？
烏龍茶嗎？
媽媽也想喝啤酒耶♡
甚麼
平常很少喝酒的老媽竟然中午就說要喝啤酒真是太稀奇了
咕嚕咕嚕♥
兩位久等了～
心情好像滿好的……
我們點的炸肉串依序上桌囉!!
大阪在地美食之①
炸肉串
「DARUMA通天閣店」的炸肉串1支105日圓
←附贈高麗菜
主要特色
★將食材串好後裹上麵衣油炸，是始自於大阪・新世界的料理。
★牛肉是最基本的食材，此外還會提供魚貝類、蔬菜等各種食材，通稱「炸肉串」。
餐桌上擺著一盆裝了滿滿醬汁的容器讓客人沾取使用。這是所有客人共用的醬汁，因此嚴禁客人「將吃過的炸肉串回沾」。
請勿將吃過的炸肉串回沾
只能沾一次啦～
再來沾一點吧～
好吃♥
哦，麵衣比想像中薄，完全不油膩耶～
再多也吃得下唷～
嚼
嚼

於是我又加點
嗯～我還要乳酪、糯糬、蘆筍和雞肉丸子～
稍微參考店員大哥的推薦
還有薑和番茄
這次想試試不同食材的炸肉串…
當我大口咬下「炸番茄串」時…
喀滋
哇喔!?
小番茄
好…好燙～
嗚～番茄噴出熱湯啦～
剛才店員不是有提醒我們「番茄滿燙的等涼一點再吃」嗎～
傻瓜女兒～
根本沒聽見這句
…一時不察被老媽唸了幾句
雖然如此，炸肉串實在太好吃，結果吃了這麼多
謝謝光臨～
幾乎快看不出來2人究竟吃掉多少串…
之後我們登上通天閣…
通天閣
老媽很喜歡那個炸肉串耶～
那就好～
瞭望台裡安置了一座幸運之神BILLKEN塑像，聽說只要摸摸祂的腳底就能實現願望
太多人摸的結果腳底變得光滑閃亮
摸
摸
BILLKEN

透過落地窗可遠眺大阪街景…
果然是個大都會呀～
…咦!?
最讓老媽開心的就是…
你快看那邊～!!
長頸鹿!!有長頸鹿耶～!!
從這裡可以鳥瞰通天閣旁的天王寺動物園
接著又隨性往難波車站方向逛…
唷～好久沒看到長頸鹿囉～♫
真幸運～
本想緊接著去看「難波GROUND花月」，但時間還沒到，於是先去咖啡廳歇歇腳…
MARUFUKU
丸福咖啡店
我們點的是
請給我2杯綜合果汁
好的～

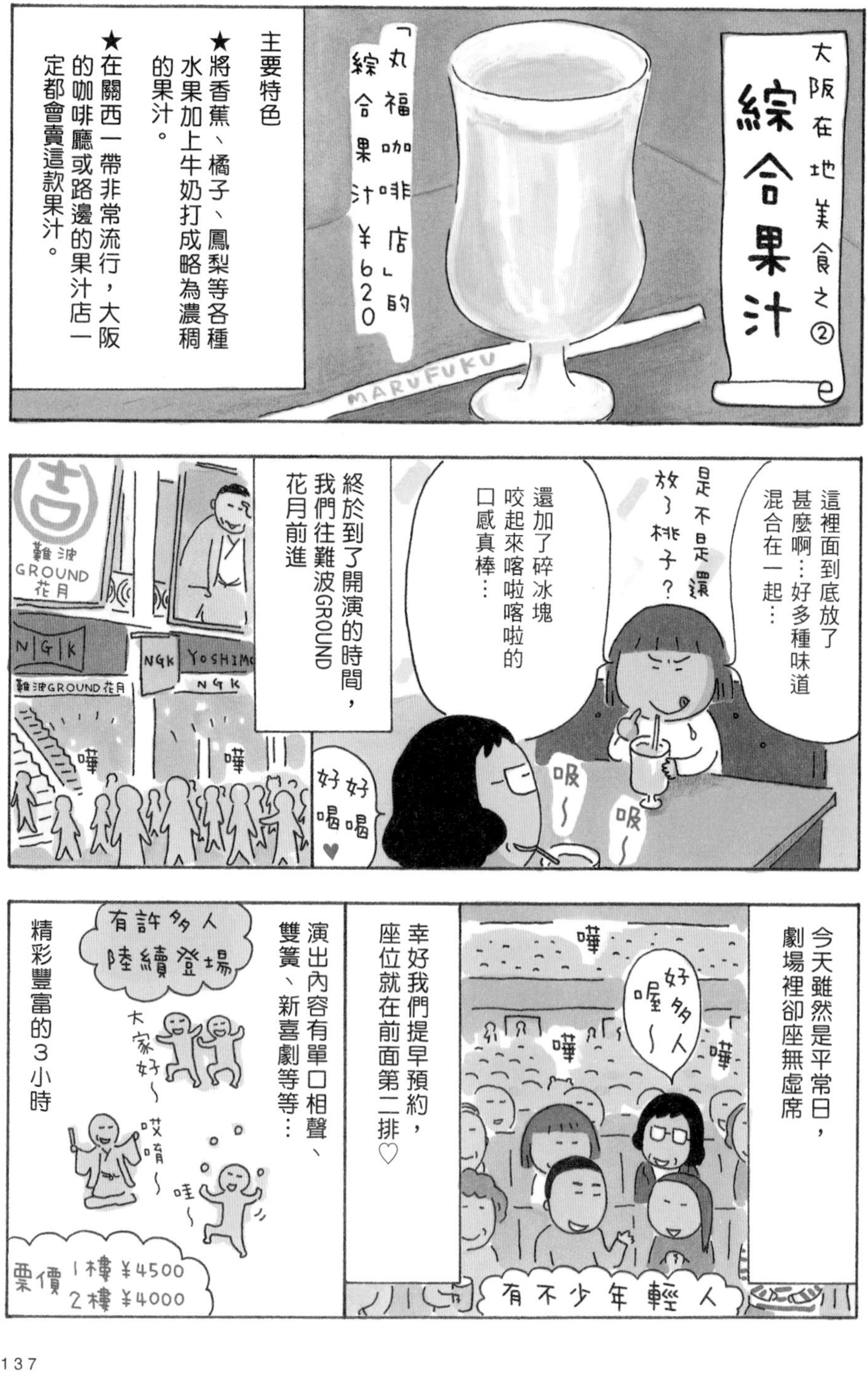
大阪在地美食之②
綜合果汁
「丸福咖啡店」的綜合果汁¥620
MARUFUKU
主要特色
★將香蕉、橘子、鳳梨等各種水果加上牛奶打成略為濃稠的果汁。
★在關西一帶非常流行，大阪的咖啡廳或路邊的果汁店一定都會賣這款果汁。
這裡面到底放了甚麼啊…好多種味道混合在一起…
是不是還放了桃子？
還加了碎冰塊咬起來喀啦喀啦的口感真棒…
吸～
吸～
好喝好喝♥
終於到了開演的時間，我們往難波GROUND花月前進
難波GROUND花月
NGK
NGK
YOSHIMO
NGK
難波GROUND花月
嘩
嘩
今天雖然是平常日，劇場裡卻座無虛席
嘩
好多人喔～
嘩
嘩
有不少年輕人
幸好我們提早預約，座位就在前面第二排♡
演出內容有單口相聲、雙簧、新喜劇等等…
有許多人陸續登場
大家好～
哎唷～
哇～
精彩豐富的3小時
票價 1樓¥4500
2樓¥4000

老實說我們的座位太近
看得脖子有點酸…
喵~
喵~
喵~
學貓叫
噗
哈
看著媽媽開懷大笑的臉龐…
啊哈哈哈
哇哈哈
還放聲大笑呢…
喵~喵~
滿開心的嘛…
正當我沾沾自喜時…
哇哈哈
…
…咦?
老媽竟然睡著了…
拜…拜託呀老媽!!
我們可是坐在第二排耶!!
會被台上表演的人看見啦!!
快起來!!
哇哈哈
昨兒個晚上…
我搭了一台計程車~
老媽醒來後竟然拿出橘子吃…
你…你是從哪變出橘子的?
難道一路都拎著?
哇哈哈
…怎樣?
要不要吃一個~?
在說說笑笑中
愉快度過了3小時
真是太好看了~
哈
拜託,你中途還睡著了咧!!
嘩
嘩

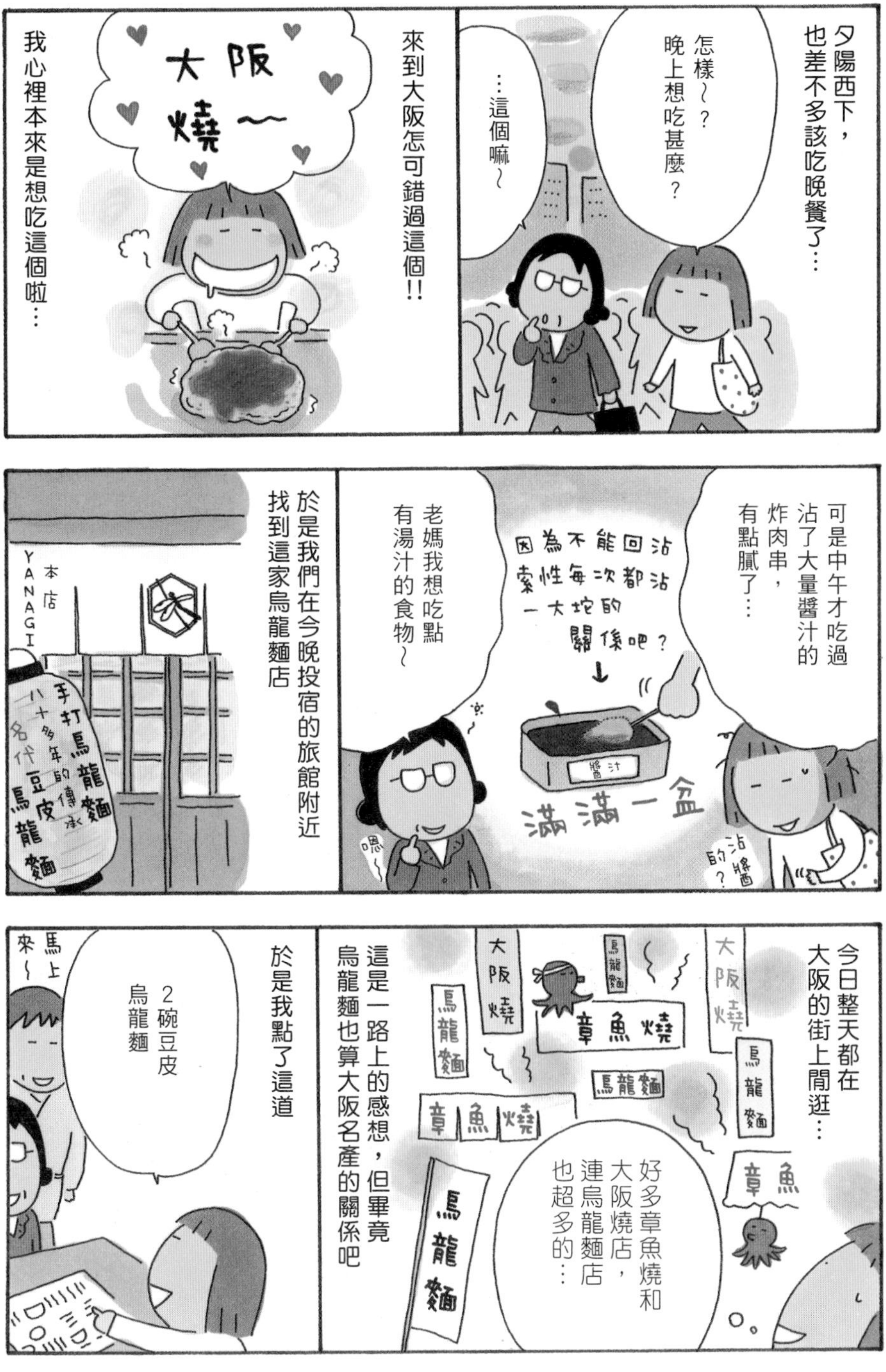
夕陽西下，也差不多該吃晚餐了……
怎樣～？晚上想吃甚麼？
……這個嘛～
來到大阪怎可錯過這個!!
大阪燒～
我心裡本來是想吃這個啦……
可是中午才吃過沾了大量醬汁的炸肉串，有點膩了……
因為不能回沾索性每次都沾一大坨的關係吧？
醬汁
滿滿一盆
沾醬的？
老媽我想吃點有湯汁的食物～
嗯～
於是我們在今晚投宿的旅館附近找到這家烏龍麵店
本店
YANAGI
手打烏龍麵
八十多年的傳承
名代豆皮烏龍麵
今日整天都在大阪的街上閒逛……
大阪燒
烏龍麵
章魚燒
大阪燒
烏龍麵
烏龍麵
烏龍麵
章魚燒
章魚
好多章魚燒和大阪燒店，連烏龍麵店也超多的……
烏龍麵
這是一路上的感想，但畢竟烏龍麵也算大阪名產的關係吧
於是我點了這道
2碗豆皮烏龍麵
馬上來～

大阪在地美食之③
烏龍麵
「本店YANAGI」的豆皮烏龍麵
¥650
主要特色
★柔軟彈牙的麵條。
★味道清淡卻風味十足的關西風湯頭。
★據說豆皮烏龍麵是明治時代發源於大阪的麵食料理。
喔～這豆皮咬起來蓬鬆柔軟，很會煮哦～♡
關西風高湯味道好高雅唷，我喜歡～♡
真好吃
哇！
我只要一喝熱湯馬上就汗流浹背……
吸吸…
熱氣
熱氣
抬頭一看老媽也是滿身大汗
比我還嚴重…
熱氣
熱氣
流汗
流汗
流汗
呼～
看來我是遺傳了老媽吧…
拚命擦汗的母女
之後回今天投宿的旅館…
因為是跟老媽一起旅行，所以選了一家好一點的旅館…
↑對我來說啦

旅館裡有個漂亮的溫泉大浴場…
沒想到在大阪市中心也能泡湯耶～
把吃烏龍麵時流的一身汗全洗乾淨!!
房間乾乾淨淨，媽媽很滿意
來這裡吃好料、住好旅館…
謝謝女兒呀～媽媽覺得好幸福哦…
嗯咩嗯咩…
喃喃自語說夢話
呵呵呵…
老媽果然如我所想的很高興呢…
隔天早上…
啾
啾
自助式早餐種類非常豐富…
老…
老媽呀!!
你會不會拿太多了!?
會嗎？
滿滿一大盤!!
哪有人一大早就吃這麼多啦!!
這你就不懂了!!
來這種地方不多吃一點老媽會不甘心的!!

嘴巴這麼講
但有辦法
吃完嗎…？
嚼
嚼
嚼
說甚麼
不多吃點
會不甘心~
空蕩蕩
甚至還再去
添菜…
唔…
一大早就這樣
大吃大喝…
這算甚麼？
我還能
再吃一碗鰻魚飯
呢~
昨晚不是才
吃了烏龍麵
嗎？
哇哈哈…
已經快六十歲的人
食慾還這麼旺盛…
退房後我們去參觀大阪城…
哇喔~
中午左右
往心齋橋方向移動
心齋橋~
心齋橋有一家今天無論如何
都想在那裏吃午餐的
店家…
可是老媽
肚子應該還不餓吧？
沒問題
我甚麼
都吃得下
笑

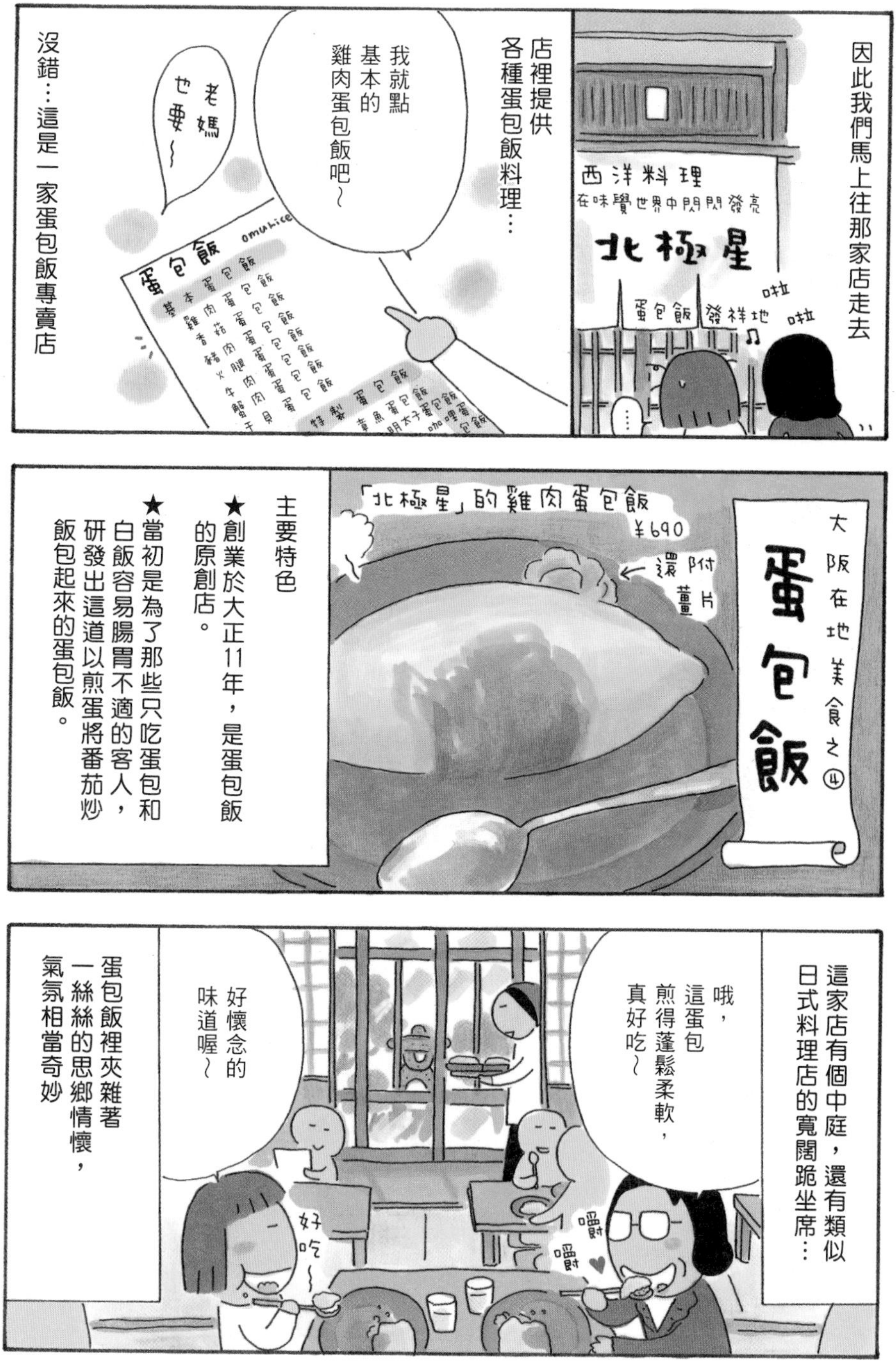
因此我們馬上往那家店走去
西洋料理
在味覺世界中閃閃發亮
北極星
蛋包飯
發祥地
啦啦
啦
……
店裡提供各種蛋包飯料理……
我就點基本的雞肉蛋包飯吧～
老媽也要～
蛋包飯 omurice
基本蛋包飯
雞肉蛋包飯
香菇蛋包飯
豬肉蛋包飯
火腿蛋包飯
牛肉蛋包飯
蟹肉蛋包飯
干貝蛋包飯
特製蛋包飯
章魚蛋包飯
明太子蛋包飯
咖哩蛋包飯
沒錯……這是一家蛋包飯專賣店
大阪在地美食之④
蛋包飯
「北極星」的雞肉蛋包飯
¥690
還附薑片
主要特色
★創業於大正11年，是蛋包飯的原創店。
★當初是為了那些只吃蛋包和白飯容易腸胃不適的客人，研發出這道以煎蛋將番茄炒飯包起來的蛋包飯。
這家店有個中庭，還有類似日式料理店的寬闊跪坐席……
哦，這蛋包煎得蓬鬆柔軟，真好吃～
嚼嚼
好懷念的味道喔～
好吃～
蛋包飯裡夾雜著一絲絲的思鄉情懷，氣氛相當奇妙

隨後往道頓堀界隈一帶轉轉…
啊～
這個圖騰非常有
「大阪」氣氛呢～
glico
跑步男
是跑步男
glico耶～
嘩
嘩
這就是
阪神球迷會
一躍而下的河
呀～
嘩
嘩
對呀，
贏球的時候～
道頓堀川
喔…
Don Quijote
道頓堀川旁有纜車…
於是跑去搭搭看
請上車～
橫向並排
的座位
Don Quijote
的惠比壽塔 大人¥600
沒想到這個軌道呈橢圓形的纜車
搭起來滿驚險的…
哇嗚～
好高喔!!
哇啊啊～往旁邊
移動了啦～!!
人在這裡
頑固壽司
Don Quijote
下車後腿都軟了…
嗚～
沒想到
橢圓形軌道
這麼恐怖…
哪有
多恐怖～
完全
沒事
上面的景觀非常棒。

接著轉往道頓堀極樂商店街
平常入場費要¥315…
道頓堀極樂商店街
今天免費入場
只有今天
館內重現了當時商店街的盛況，就像個美食樂園，我們在這裡也吃了一些東西♡…
要不要吃吃看那個～？
來吃一個吧～
WA NAKA
大片
元祖章魚仙貝
生啤酒
明石燒
花枝燒
大阪在地美食之⑤
章魚仙貝
「WANAKA道頓堀店」的章魚仙貝¥200
裡面包著2個章魚燒和美乃滋
主要特色
★把大阪名產章魚燒塞進對摺的仙貝裡的零食。
哦…
好吃!!
啦啦
這種民間小吃深得老媽的歡心
這東西不賴哦～!!媽媽很喜歡～!!
開心開心
算得上是這趟旅行中最愛的食物吧…？
…
之後還吃了花枝燒和章魚燒
雖然這次的母女首度結伴之旅一路上都在吃吃喝喝…
這是給老爸的伴手禮乳酪蛋糕
卻是一趟愉快又盡興的旅行
RIKURO叔叔

旅情寫真館

嘩

通天閣~

嘩 嘩

不要搔我癢啦~

摸摸BILLKEN神~

牛奶果汁

道頓堀~

不可以回沾!!

BILLKEN神的護身符

跑步男GO!!

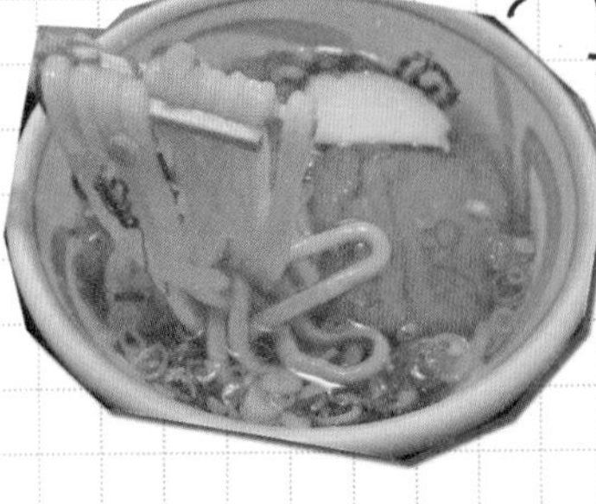

豆皮烏龍麵~

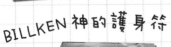

蛋包飯～

章魚燒～

花枝燒和牛奶果汁的照片

大阪城

讚啦

章魚仙貝!!

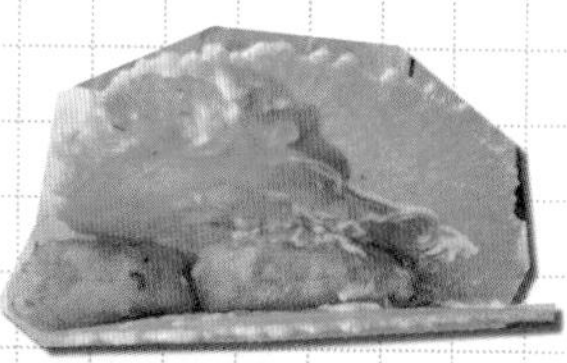

這個轉角的地最恐怖了…

哇啊！

各種綜合果汁…

旅行筆記
大阪
炸肉串店裡有很多我不認識的食材。
炸肉串菜單
砂囊
甚麼是砂囊？
請教店員大哥…
喔～就是吃起來有點彈牙的東西啦～
不…我是問這食物是肉類還是魚或是蔬菜類？
※就是雞的砂囊
老媽想穿得美美出門套上那雙很少穿的高跟鞋…
如我所預料腳磨破皮了…
腳好痛…
痛
我們發現有一家店賣的是「麵渣烏龍麵」。
大阪名產 麵渣烏龍麵
麵渣烏龍麵是甚麼東西呀？
就是麵裡加了炸天婦羅的麵渣
原來呀～
媽媽懂得真多呢～
烏龍麵店員
不…這道麵是裡面加了牛腸裡的脂肪
你搞錯了啦!!
大白天的通天閣聚集了好多大叔們…
他們到底來這裡做甚麼…？

放在媽媽手提包裡的養樂多⋯
媽媽最愛喝♡
養樂多
5瓶裝
抵達大阪的旅館後⋯
剛才的養樂多給我一瓶吧
啊
我也愛喝♡
我這樣問媽媽時⋯
我已經喝光囉
甚麼時候喝完的!!
惠比壽神與老媽⋯
來，笑一個~
看完吉本新喜劇後坐在我前一排的男生拿到了四角金屬罐⋯~
怎麼辦？
這東西~
⋯
有簽名
竟拿來做這種表演
鏗
鏗
怎麼辦
怎麼辦
買回家當伴手禮的乳酪蛋糕
大型
¥588
蓬鬆軟綿
真好吃!!
老爸超高興的
就連家中平常沒啥食慾的老狗也吃得很開心
咬
咬
咬
老家養的狗
哇喔~
這是對牠最後一個美好的回憶⋯
2周後
過世了

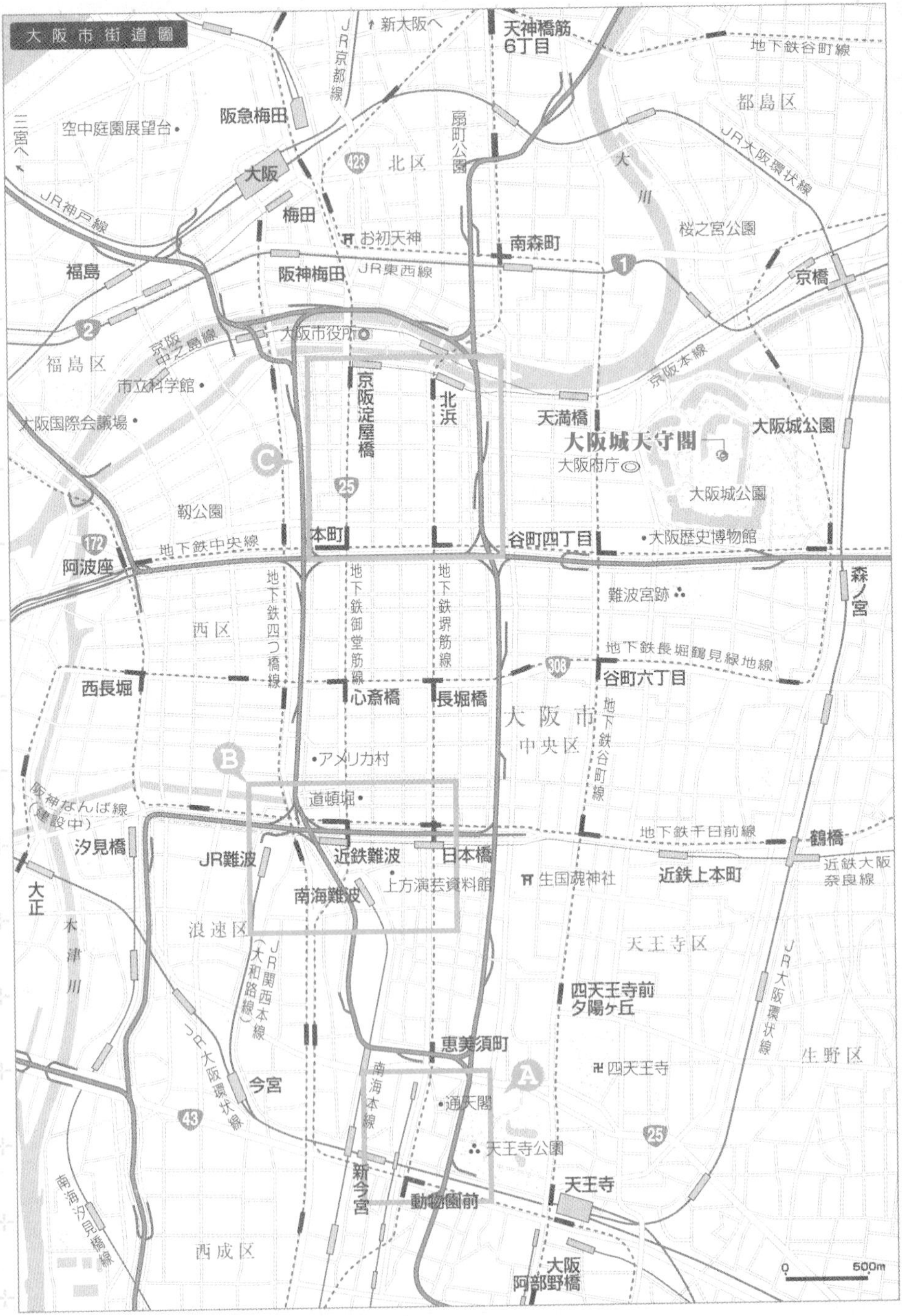
大阪市街道圖
新大阪へ
天神橋筋6丁目
地下鉄谷町線
都島区
JR京都線
阪急梅田
空中庭園展望台
三宮へ
扇町公園
北区
大川
JR大阪環状線
大阪
梅田
JR神戸線
お初天神
南森町
桜之宮公園
福島
阪神梅田
JR東西線
京橋
大阪市役所
京阪中之島線
福島区
京阪本線
市立科学館
京阪淀屋橋
北浜
天満橋
大阪城公園
大阪国際会議場
大阪城天守閣
大阪府庁
大阪城公園
靱公園
本町
谷町四丁目
大阪歴史博物館
阿波座
地下鉄中央線
森ノ宮
難波宮跡
西区
地下鉄四つ橋線
地下鉄御堂筋線
地下鉄堺筋線
地下鉄長堀鶴見線地線
西長堀
心斎橋
長堀橋
谷町六丁目
大阪市
中央区
地下鉄谷町線
アメリカ村
阪神なんば線（建設中）
道頓堀
地下鉄千日前線
鶴橋
汐見橋
JR難波
近鉄難波
日本橋
近鉄上本町
近鉄大阪奈良線
大正
南海難波
上方演芸資料館
生国魂神社
木津川
浪速区
天王寺区
JR関西本線（大和路線）
JR大阪環状線
四天王寺前夕陽ヶ丘
恵美須町
生野区
四天王寺
今宮
南海本線
通天閣
天王寺公園
新今宮
動物園前
天王寺
南海汐見橋線
西成区
大阪阿部野橋
0
500m

B
難　波
北極星 心齋橋本店
惠比壽塔
道頓堀極樂商店街
丸福咖啡店 千日前本店
難波GROUND花月
RIKURO叔叔的店 難波本店
（名產乳酪蛋糕）
阪神高速
深里橋
西道頓堀川
湊町出入口
湊町PA
湊町リバープレイス
道頓堀橋北詰
道頓堀橋
戎橋
道頓堀川
25
御堂筋
日本橋北詰
日本橋
堺筋
湊町東
なんば
難波
千日前通
近鉄難波
地下鉄千日前線
日本橋
日本橋1
戎橋
近鉄難波線
近鉄日本橋
OCAT
JR難波
なんば
なんば
戎橋筋
湊町出口
南海通
日本橋2
黒門市場
元町中公園
難波西口2
高島屋
上方演芸資料館
地下鉄四つ橋線
JR関西本線（大和路線）
地下鉄御堂筋線
南海難波
なんさん通
日本橋3
元町2
大阪府立体育会館
阪神高速
南海高野線
南海本線
なんばパークス
地下鉄堺筋線
高島屋東別館
0　100m

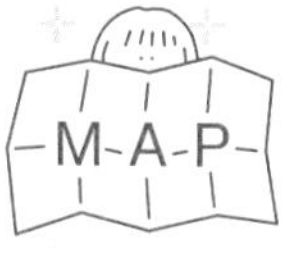
M-A-P

C
北　濱
淀屋橋
京阪本線
北浜1
土佐堀川
天神橋
適塾
トレードピア淀屋橋
北浜
北浜
北浜局
25
大阪ガスビル
御堂筋
地下鉄御堂筋線
地下鉄堺筋線
堺筋
阪神高速
高麗橋出口
シティタワー
三菱東京UFJ
瓦町3
瓦町1
本店 YANAGI
西本願寺津村別院（北御堂）
りそな本店
大阪東局
マイドームおおさか
本町出口
本町通
172
本町1
東署
内本町2
本町
本町
中央大通
堺筋本町
0　100m

A
通　天　閣
25
堺筋
惠美須町
新世界元祖炸肉串
DARUMA
通天閣店
通天閣
阪堺電軌阪堺線
地下鉄堺筋線
阪神高速
天王寺動物園
新今宮
南霞町
地下鉄御堂筋線
動物園前
JR線
0　100m

大阪土產
THINGS-AS-THEY
BILLIKEN
媽媽幫
第一個金孫買的
伴手禮手帕。
みっくちゅじゅーちゅ
SANGARIA
著名的罐裝綜合果汁飲料。
お好み焼せんべい
著名卡通人物的
仙貝。
RIKURO叔叔的
乳酪蛋糕蓬鬆軟綿，
裡面還加了葡萄乾。

說甚麼
不多吃點
會不甘心~

唷~
好久沒看到
長頸鹿
囉~♫
2008・3*LOCAL GOHAN TABI*TAKAGI NAOKO*
這次的最愛
「炸肉串」
Osaka

這是母女倆首次結伴出遊，一同前往有美食有歡笑的城市——大阪。街上到處是販售美食的店家，人潮眾多，是個充滿活力、熱鬧十足的城市。

自從高二時來看過難波GROUND花月的表演後，這是我第二次觀賞他們的演出（高二時遠足地點就是這裡）。坐近一點觀看果然更加生動有趣，笑果十足~。隔壁座笑聲不斷的老媽表情實在太好玩，讓人看了也忍不住捧腹大笑呢。

老媽非常喜歡吃「章魚仙貝」，一邊張口咬、一邊還張大了眼睛不斷稱讚這個食物好。的確，這個章魚仙貝真的好吃極了~。這趟母女行，讓我們對大阪留下非常愉快的印象。

➡DATA

通天閣●大阪府大阪市浪速區惠美須東 ☎06-6641-9555 http://www.tsutenkaku.co.jp/index.html
新世界元祖炸肉串 DARUMA通天閣店●大阪府大阪市浪速區惠美須東1-6-8 ☎06-6643-1373 http://www.kushikatu-daruma.com/
丸福咖啡店 千日前本店●大阪府大阪市中央區千日前1-9-1 ☎06-6211-3474 http://www.marufukucoffeeten.com/
難波GROUND花月●大阪府大阪市中央區難波千日前11-6 ☎06-6641-0888 http://www.yoshimoto.co.jp/ngk/
本店 YANAGI●大阪府大阪市中央區瓦町1-7-2 ☎06-6231-0480 http://www.yanagi-ohnoya.com/
大阪城●大阪府大阪市中央區大阪城1-1 ☎06-6941-3044 http://www.osakacastle.net/index.html
北極星 心齋橋本店●大阪府大阪市中央區西心齋橋2-7-27 ☎06-6211-7829 http://www.hokkyokusei.jp/
惠比壽塔●大阪府大阪市中央區宗右衛門町7-13 ☎06-4781-1751
道頓堀極樂商店街 WANAKA道頓堀店●大阪府大阪市中央區道頓堀1-8-22 Sammy EBISU Plaza ☎06-6211-6007 http://www.doutonbori-gokuraku.com/
RIKURO叔叔的店 難波本店●大阪府大阪市中央區難波3-2-15 ☎06-6645-5339 http:// www.rikuro.co.jp/

番外篇

跟著大胃王一起吃吃喝喝
東京下町美食一日遊

炸饅頭
泥鰍火鍋
Hoppy
文字燒
相撲鍋&鹹稀飯

最後是邀請
media factory出版社的
編輯K小姐
一起去品嘗
東京下町的美食～
我們來去
吃遍美食吧～!!
編輯K小姐（來自福井縣）
身材纖瘦
食量卻很大
首先抵達的是著名的
東京觀光景點淺草雷門
金龍山
雷門
哇～果然是
人潮洶湧啊!!
嘩…
有很多外國來的
旅客呢～
從雷門通往淺草寺的
仲見世通聚集了許多店家，
一家挨著一家熱鬧極了
一番
NINJA
KIMONO
誠
Oh～
哈哈哈，
好多詭異的
日式伴手禮哦～
無敵
根性
I ♥ TOKYO
我們馬上就開始搜尋好料的…
好吃
好吃
哇哈哈哈
彈珠汽水
冰棒↓
↑炸饅頭
↖仙貝
←抹茶
輕量級的第一餐♥
參拜了淺草寺
請保佑啊～
哇
高木小姐～
要不要來抽籤？
抽籤
我抽到的是…
僵住～
凶
願望不易達成
失物不易尋回
遠行不順
尋人不成

嗚嗚嗚…我平常很少抽籤，沒想到一抽就抽中「凶」…
喃喃自語
願望…？不易達成啊…
別…別在意，把那張籤綁在這裡就沒事了～
應該吧…
請將凶籤綁於此處
嗚嗚…尋人不成…
K小姐抽中了「吉」
我們趕緊去吃午餐希望能讓我重振精神
駒形泥鰍
別在意
別在意…
我們去的「駒形泥鰍」是一家專賣東京下町名產泥鰍料理的店家
歡迎光臨
哇啊，座位好寬敞呀～
很有江戶風情耶～
菜單上羅列眾多的泥鰍料理
我們就點最基本的泥鰍定食和柳川鍋定食如何～
泥鰍茶泡飯…
泥鰍鍋
去骨泥鰍鍋
柳川鍋
蒲燒泥鰍
油炸泥鰍
烤泥鰍骨仙貝
泥鰍湯
泥鰍
茶泡飯
泥鰍
煎蛋
泥鰍
※除了泥鰍也有其他料理
東京在地美食之①
泥鰍火鍋
「駒形泥鰍」的泥鰍定食 ¥2450
柳川鍋定食 ¥2300（午餐定食）
主要特色
★以便宜、營養價值高的食材調製，是江戶人相當熟悉的庶民料理。
★東京下町至今仍有幾家店提供泥鰍料理，這家店創立於1801年，是其中開業歷史最長的店家。
第二餐♥

泥鰍鍋剛送來時看起來有點…
哇喔…好長〜一條的泥鰍喔…
有點可怕
滾
滾
把蔥全加進去吧〜
附了大量的蔥花
BEER
吃了之後發現竟然完全沒有腥味、非常順口…
哦…
好吃耶…♡
嚼
柳川鍋裡因為打了蛋花，更加滑順好入口
嚼
嚼
這裡面大概就屬定食附的泥鰍湯最不討喜吧…
喝起來好像味噌湯…
軟趴趴〜
也有中午就把泥鰍當下酒菜、獨自喝著酒的大叔…
讚〜
能在店裡看到如此「瀟灑之人」實在不可思議…
飽嘗了江戶氣氛後滿足地走出店外時…
難道是凶籤作祟!?
泥鰍
突然下起大雨…
嘩啦
哇啊〜!!
本來打算接下來去日本最古老的遊樂園「花屋敷」遊玩…
有日本最古老的木製雲霄飛車
哇
哇
1853年開園時為植物園，因此有此名稱
淺草花屋敷

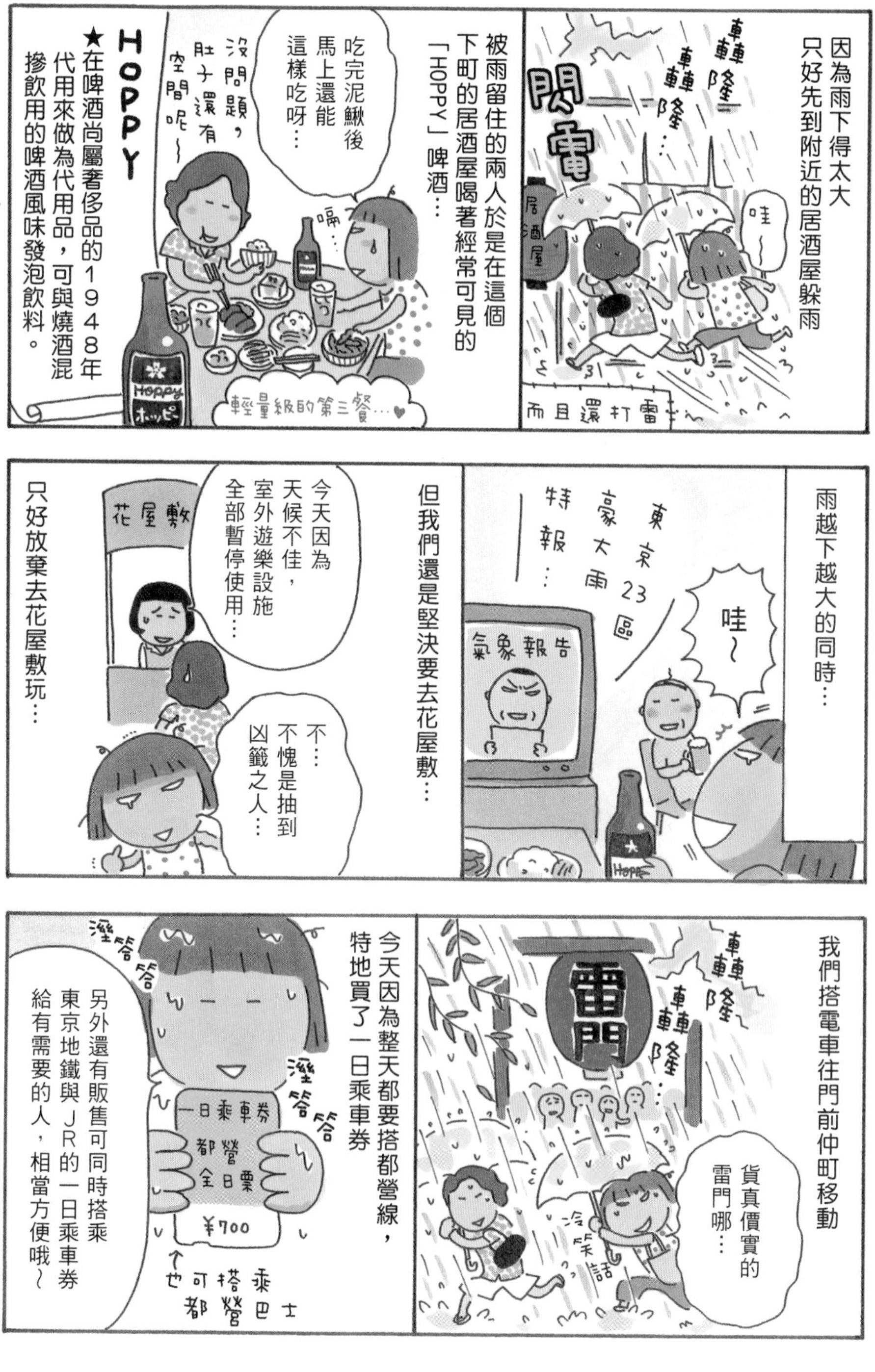
因為雨下得太大
只好先到附近的居酒屋躲雨
轟隆
轟隆…
閃電
居酒屋
哇～
而且還打雷
被雨留住的兩人於是在這個下町的居酒屋喝著經常可見的「HOPPY」啤酒…
吃完泥鰍後馬上還能這樣吃呀…
嗝…
沒問題，肚子還有空間呢～
HOPPY
★在啤酒尚屬奢侈品的1948年代用來做為代用品，可與燒酒混摻飲用的啤酒風味發泡飲料。
Hoppy
ホッピー
輕量級的第三餐…♥
雨越下越大的同時…
東京豪大雨23區特報…
哇～
氣象報告
但我們還是堅決要去花屋敷…
今天因為天候不佳，室外遊樂設施全部暫停使用…
花屋敷
不…不愧是抽到凶籤之人…
只好放棄去花屋敷玩…
我們搭電車往門前仲町移動
轟隆
轟隆…
雷門
貨真價實的雷門哪…
冷笑話
今天因為整天都要搭都營線，特地買了一日乘車券
溼答答
溼答答
一日乘車券
都營全日票
¥700
也可搭乘都營巴士
另外還有販售可同時搭乘東京地鐵與JR的一日乘車券給有需要的人，相當方便哦～

門前仲町有深川不動堂與富岡八幡宮，從江戶時代就有許多參拜者聚集此處，相當熱鬧…
深川不動堂
建於1703年
富岡八幡宮
建於1627年
富岡八幡宮同時也是「相撲發祥地」
哦～
六関力士碑
横綱碑←
雨開始變小
在這裡可以吃到一種將煮熟的蛤蠣鋪在飯上、稱為「深川鍋飯」的名產料理…
可惜這時間還在休息中沒有營業～
反正泥鰍還在肚子裡沒消化完…
深川鍋飯
準備中
剛過2:00……
啊，再往前走2站就是月島車站，不如去那裏吃文字燒吧～
哇～文字燒感覺像零食應該吃得下～
我們以為在門前仲町不會吃任何東西…
我們吃一點這家店賣的可樂餅再去吧
K小姐真的很能吃耶…
我還是算了，等下還要吃文字燒呢…
肉屋
謝謝光臨～
還買了醬油糰子
一走出月島車站眼前即是一整排賣文字燒店家的「文字燒街」…
要去哪家咧～
文字燒
文字燒
文字燒
文字燒

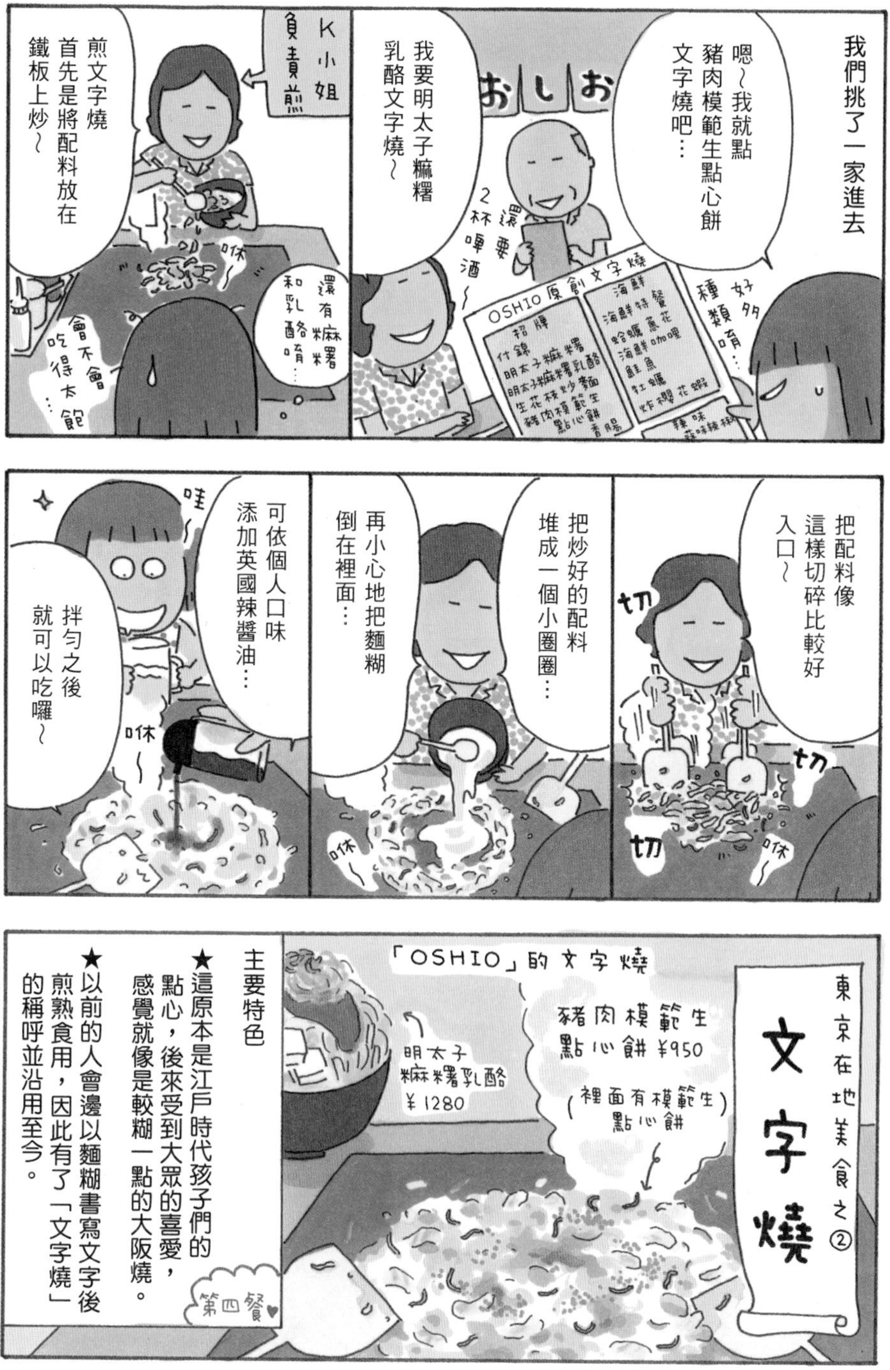
我們挑了一家進去
嗯~我就點豬肉模範生點心餅文字燒吧…
好多種類唷…
おしお
OSHIO原創文字燒
招牌
什錦
明太子麻糬
明太子麻糬乳酪
生花枝炒麵
豬肉模範生點心餅
香腸
海鮮
海鮮特餐
蛤蠣蔥花
海鮮咖哩
鮭魚
牡蠣
炸櫻花蝦
辣味
還要2杯啤酒~
我要明太子麻糬乳酪文字燒~
K小姐負責煎
煎文字燒首先是將配料放在鐵板上炒~
咻~
還有麻糬和乳酪唷…
會不會吃得太飽…
把配料像這樣切碎比較好入口~
切
切
切
咻
把炒好的配料堆成一個小圈圈…
再小心地把麵糊倒在裡面…
咻~
可依個人口味添加英國辣醬油…
咻~
哇~
拌勻之後就可以吃囉~
東京在地美食之②
文字燒
「OSHIO」的文字燒
豬肉模範生點心餅 ¥950
(裡面有模範生點心餅)
明太子麻糬乳酪 ¥1280
主要特色
★這原本是江戶時代孩子們的點心，後來受到大眾的喜愛，感覺就像是較糊一點的大阪燒。
★以前的人會邊以麵糊書寫文字後煎熟食用，因此有了「文字燒」的稱呼並沿用至今。
第四餐

文字燒在鐵板上滋滋作響，以小鏟子鏟著吃時非常燙嘴，但因為軟軟的非常好入口，還是忍不住一口接一口
好燙～～
可是很好吃～♥
嚼
嚼
加了模範生點心餅超好吃～
為了更瞭解江戶文化，接下來打算去兩國的「江戶東京博物館」…
下午四點了？
唉呀…已經這個時間啦
為了在休館前趕到於是急忙大口吃著文字燒…
好燙…
不好意思再來杯啤酒～♥
接下來要煎明太子糯糬乳酪文字燒囉～
但文字燒畢竟不是能趕著吃的食物…
隨後抵達兩國趕緊往博物館前進…
兩國車站
趕得上嗎？
衝
衝
抱歉，已經過了最後入場時間了…
最後入場 17:00
入場券
打～擊
嗚嗚…除了花屋敷又有一個景點沒辦法去了…
失望…
不…不過我們還是可以逛逛紀念品店啦～
MUSEUM SHOP
祭
和紙
江戶
玩具
手巾
POST CARD
有很多日式伴手禮

我們就在兩國街上四處散步閒晃：
我買了手巾和小袋子～
舉辦相撲比賽的兩國國技館
江戶
那個人是相撲選手嗎～？
井筒部屋
這附近到處都有相撲訓練場
這時候雨終於停了…
腳上都是泥巴…
還有汗臭味…
聞聞
兩個人看起來有點髒髒的…
髒兮兮～
於是我們去了這個下町區至今還保留著幾個自古就有的澡堂…
大正湯
洗個澡把自己弄乾淨
哇～好高的天花板唷～
真氣派～♥
這個池塘裡有鯉魚耶
女
櫃檯
東京的澡堂熱水溫度通常都偏高
好燙～
江戶人偏愛熱騰騰的澡堂♥
大概43～44°C左右

在更衣處有個古老的頭罩式吹風機…
蓋上
1次20日圓
以電風扇吹乾頭髮的我
鏗隆～
嗡——
K小姐吹乾的頭髮實在有點好笑
啊哈哈哈～
超級賽亞人!!
因為我有自然捲啦…
泡完澡後喝牛奶
兩國的街道也蒙上了夜色…
呼～好清爽唷～
戴帽子遮醜
來到兩國就想到相撲，說到相撲就一定要吃相撲鍋!!
…因此我們來到了賣相撲鍋的店家
相撲鍋料理
川崎
嘩
嘩
創業於1937年的老店在此地生意非常好，因為我們沒有預約，有點擔心沒座位…
2人～
只剩下吧檯位子囉～
嘩
嘩
平日依然高朋滿座
幸好剛好有位置
好，看來好運終於回到我身上了～
那就來點2人份的相撲鍋吧～
柳暗花明～
還要清湯雞肉和啤酒
菜單

東京在地美食之③
相撲鍋
「相撲鍋川崎」的相撲鍋
¥2940（2人份）
主要特色
★相撲鍋是指相撲力士調製的料理。
★舉辦相撲比賽的國技館所在地兩國聚集了好幾家賣相撲鍋的店家。
第五餐♥
現在的相撲鍋有各式各樣的配菜與調味，但這家店自創業以來就提供以雞高湯為底的簡單火鍋料理
哇～好像整鍋吃完都沒問題呢～
嗯～這個雞肉真好吃呀～!!
味道清淡卻十分美味～
嚼
嚼
小常識
因為四隻腳（牛或豬等）的動物會「手腳著地」（在相撲賽中表示輸了）因此不可加在鍋裡，而魚類因為「使不出手腳」也被剔除，因此相撲鍋使用的是雞肉。
咕咕～
剩下的湯拿來煮鹹稀飯時可以加麻糬就變成有力鹹稀飯哦～
那就麻煩您了～
又是麻糬？
嗯，有力鹹稀飯味道也很棒耶～♡
好吃的東西再多都吃得下呢～♡
雖然肚子已經撐得很痛苦了……
就這樣一鍋鹹稀飯被吃得鍋底朝天……
還另外再加點雞腿肉
K小姐真的很能吃耶……
哪裡，高木小姐的肚皮也很能撐呢～
東京下町美食之旅就這樣愉快地結束了
感謝觀賞♥

滿滿的日式伴手禮～

放眼望去全～是仙貝

一整排的燈籠～

嘿嘿～彈珠汽水!!

What…?

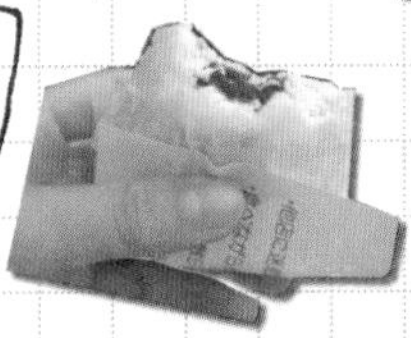

登登～炸饅頭!!

泥鰍♡

泥鰍湯

混濁～

合羽橋入口處的巨型廚師…

巨～大

洪水來了…

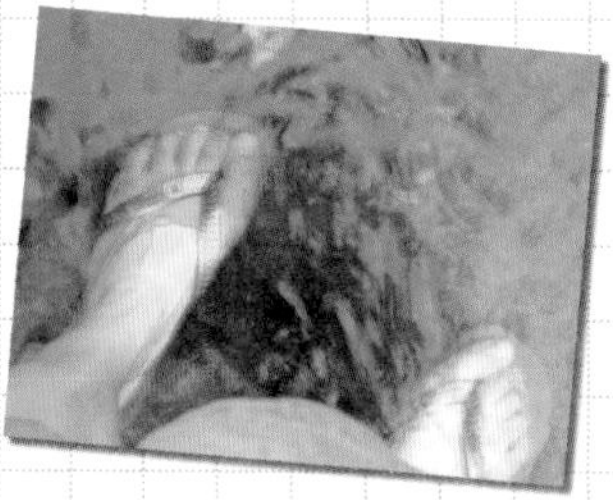

哇～

裡面有模範生點心餅

甚麼文字燒

甚麼都有文字燒

滿滿的乳

K小姐超會煎…

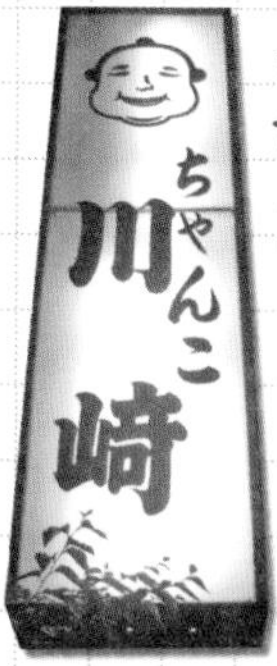

嘿咻 嘿咻

相撲選手的手掌
超～級大

相撲鍋!!

烤雞腿♡

美味至極的

東京
同行的K小姐
真的很能吃
身材卻非常纖瘦～
她說她全身上下
都是正統的東京
下町小混混裝扮……。
老實說這次的
文字燒和相撲鍋
有四分之三都是
被K小姐吃掉的
也可能是
五分之四呢……
吃泥鰍時發生了
這樣的事情……
唉唷
怎麼辦～？
我也
不敢吃～
雖然這麼說
但吃起來卻不是這樣。
豐富的
鈣質
就把牠當成
比較小條的
鰻魚吧。
也吃了
烤泥鰍骨仙貝
炸饅頭
超級美味
地瓜
南瓜
抹茶
芝麻
有各種口味。
今天的東京
下了歷史性的大雨。
即使撐傘
還是渾身濕透…
濕淋淋～
明明一大早
還是豔陽高照～
據說在淺草有賣日本
最早的雞尾酒「電氣
白蘭地」的店家…
誕生於
明治時代
以白蘭地
為基底
神谷
酒吧
啊
但今天剛好
公休…。

以前雖然吃過文字燒
卻不太會煎…
哇~
煎的時候…
一定會把麵糊堆弄壞。
哇~
流出~

東京的澡堂櫃檯都很高
女湯
叮叮
位於淺草往裡面走的合羽橋道具街也是個有趣的地方。
販售各種料理器具和食物模型。（大多是營業用品）
生啤酒
※模型↑
哇~看起來很好吃耶~♡
我超喜歡相撲運動。
哇~是春日野訓練場耶
哦~這裡是井筒訓練場
寺尾~沖鋒~
ㄟ，也有大島訓練場呀
在兩國閒晃真是愉快呀…。
你覺得如何呀？日式伴手禮♡
登登
JAPAN
必勝
日本一
東京

M-A-P

東京廣域圖
0
1km
上野公園
上野
浅草寺
浅草
東京大
文京区
台東区
隅田川
押上
湯島神社
墨田区
後楽園
東京ドーム
亀戸天神
亀戸
B
秋葉原
御茶ノ水
国技館
JR総武本線
武道館
両国
神田
猿江恩賜公園
両国JCT
竹橋JCT
横十間川
C
皇居
千代田区
東京
清澄公園
江戸橋JCT
箱崎JCT
木場公園
有楽町
JR京葉線
江東区
日比谷公園
中央区
富岡八幡宮
首都高速
新橋
海洋大
汐留JCT
東京タワー
中央卸売市場
浜離宮恩賜庭園
夢の島公園
浜松町
竹芝埠頭
A
浜崎橋JCT
港区
芝浦JCT

A

月島
東京メトロ有楽町線
佃仲通り
佃大通り
月島
初見橋
隅田川
西河岸通り
月島サマリア病院
月島
西仲通り
OSHIO文字焼（本店）
清澄通り
朝潮大橋
東京エースレーン
本芳寺
月島社会教育会館
月島図書館
勝鬨橋
月島第1公園前
西仲橋
イヌイカチドキビル
東仲通り
東海岸通り
朝潮橋
首都大学東京
月島橋
月島4
勝どきサンスクエア
勝どき駅前
月島川
晴月橋
勝どき
朝潮運河
月島運動場
都営大江戸線
トリトンブリッジ
晴海アイランドトリトンスクエア
晴海通り
黎明橋
0
100m

B

浅草
ゆうえんち
浅草花やしき
浅草寺
馬道通り
浅草
浅草公園
伝法院
かっぱ橋道具街通り
浅草公会堂
東武伊勢崎線
松屋
浅草仲見世商店街
東武浅草
隅田川
東本願寺
国際通り
雷門
浅草
吾妻橋
墨田区役所
菊屋橋
寿4
田原町
浅草通り
東京メトロ銀座線
浅草
駒形橋
新堀通り
つくばエクスプレス
駒形泥鰌
駒形2
首都高速
駒形出入口
春日通り
都営大江戸線
江戸通り
寿3
蔵前
6
都営浅草線
厩橋
清澄通り
精華公園
春日通り
蔵前
0
200m

C

両國
両国国技館
江戸東京博物館
両国
野見宿禰神社
緑町公園
JR総武本線
両国
首都高速
川崎相撲鍋
両国橋
京葉道路
緑2
14
本所署
緑1
両国1
両国シティコア
清澄通り
回向院
本所松坂町公園
馬車通り
首都高速
西竪川橋
竪川橋
新竪川橋
塩原橋
千歳橋
二之橋
一之橋
都営大江戸線
江島杉山神社
弥勒寺
両国JCT
区役所通り
西光寺
初音森神社
千歳3
大正湯屋
隅田川
法樹院
中和公園
金庫と鍵の博物館
建築道具·木組資料館
芭蕉時雨塚旧跡
浜町公園
都営新宿線
浜町
区立総合スポーツセンター
新大橋
森下
新大橋通り
新大橋
0
100m

東京土產
竹字頭加上犬就等於「笑」，非常有意義的竹籠狗。
江戸東京博物館
EDO-TOKYO MUSEUM
江戸東京たても
有雷門神浮雕像的華麗鐵盒裝雞蛋糕。
江戶東京博物館的手巾和小袋子。袋子非常可愛。
伊能忠敬的1／20雕像。謠傳他全身都通紅根本是騙人的。

蓋上
鏗隆～
嗡~

沒問題，肚子還有空間呢～
嗝…

雖然已經在東京住了十年，卻還是有許多我完全不知道的東京文化，於是興起了花一整天在下町四處逛逛走走的念頭。

閒逛散步時，這才發現有好多外國來的旅人，東京也算是觀光景點呢～。由於遇上壞天氣，沒辦法去太多地方參觀，但因為同行的夥伴是個超級大胃王，一路上不停地吃吃喝喝，結果反而變成了東京美食一日遊。

這裡還有許許多多例如「深川鍋飯」、「東京拉麵」、「江戶前壽司」等等我還沒機會品嘗到的美食，看來東京美食世界是非常深奧的呢～。

2008・8＊LOCAL GOHAN TABI＊TAKAGI NAOKO＊
這次的最愛
「相撲鍋」
Tokyo

➡DATA

淺草仲見世商店街●東京都台東區淺草1-36-3　仲見世會館　☎03-3844-3350（仲見世商店街振興組合）
駒形泥鰍●東京都台東區駒形1-7-12　☎03-3842-4001　http://www.dozeu.com/
OSHIO文字燒（本店）●東京都中央區月島3-17-10　☎03-3531-7423　http://www.zank.jp/index.html
大正湯屋●東京都墨田區立川1-5-1　☎03-3633-1504
川崎相撲鍋●東京都墨田區兩國2-13-1　☎03-3631-2529

後記

這一次以在地美食為主題的旅程，
特別針對全日本各地的當地料理進行了許多調查，
過程中我發現處處都有好吃的料理，
像是北海道的豬排炒飯、秋田的橫手炒麵、
新瀉的義大利風炒麵、石川縣的炸魚滑蛋飯、
長野縣的伊那炒肉麵、岡山縣的紅酒牛肉醬豬排飯、
高知縣的生鰹魚碎肉、宮崎縣的冷湯等等，
還有許許多多我想去、想吃吃看的地方和食物，
可惜在這次的旅程中沒有機會如願。

總而言之，「一個人吃太飽」這本書裡，
既有聞名全國的著名在地美食，
也收錄了當地人的私房好菜，
以及只有觀光客才會去吃的當地料理。
這些料理有的名不虛傳，也有不怎麼樣的，有些令人印象非常深刻，
當然也有不怎麼合我胃口的，

但我相信每一道菜都有令人留戀的部分，
全都是深受人們喜愛的在地美食呀～。

雖然我的個子不高、心眼也不大，
卻非常貪愛美食，
一天到晚就在盤算著：
「我一定要吃吃看那道著名的料理～」
「真想再吃一次那道菜～」
所以，說不定哪一天你會突然瞧見我正在你們家附近閒晃、
大口吃著當地的美食哦。（…哈哈。）

最後，我要向這次取材時打擾的店家們致上我最衷心的謝意。
謝謝你們的招待啦～！

2008年秋　高木直子

TITAN 072

一個人吃太飽

高木直子的美味地圖

高木直子◎圖文　陳怡君◎譯

出版者：大田出版有限公司
台北市106羅斯福路二段95號4樓之3
E-mail：titan3@ms22.hinet.net　http：//www.titan3.com.tw
編輯部專線：（02）23696315　傳真：（02）23691275
【如果您對本書或本出版公司有任何意見，歡迎來電】
行政院新聞局版台業字第397號
法律顧問：甘龍強律師

總編輯：莊培園
主編：蔡鳳儀　編輯：蔡曉玲
企劃行銷：黃冠寧　網路行銷：陳詩韻
校對：蘇淑惠／鄭秋燕
承製：知己(股)有限公司 電話：(04)23581803
初版：二〇一一年（民100年）一月三十日出版　定價：250元
總經銷：知己圖書股份有限公司　郵政劃撥：15060393
（台北公司）台北市106羅斯福路二段95號4樓之3
電話：（02）23672044/23672047　傳真：（02）23635741
（台中公司）台中市407工業30路1號
電話：（04）23595819　傳真：（04）23595493
國際書碼：978-986-179-184-5　CIP：861.6/99012090

廣　告　回　郵
北區郵政管理局登記證北台字1764號
免　貼　郵　票

From：地址：

姓名：

請沿虛線剪下，對摺裝訂寄回，謝謝！

To：**大田出版有限公司　編輯部收**

地址：台北市 106 羅斯福路二段 95 號 4 樓之 3

電話：（02）23696315-6　傳真：（02）23691275

E-mail：titan3@ms22.hinet.net

看完《一個人吃太飽》好過癮，
你也有私房美食想分享嗎？
快寫下你最推薦的台灣美食，
高木直子下回來台取材可能會參考你的建議，
還有機會獲得高木直子2011年好吃幸福桌曆，
或《Flying is......》禮物書喲！

我推薦的台灣美食是 ____________________

高木直子2011年
好吃幸福桌曆

回函卡收件截止時間：2011年3月31日
得獎名單公布於編輯病部落格：titan3.pixnet.net/blog
大田出版臉書：www.facebook.com/titan3publishing

Flying is......禮物書（封面暫定）

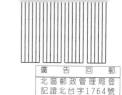

閱讀是享樂的原貌，閱讀是隨時隨地可以展開的精神冒險。

因爲你發現了這本書，所以你閱讀了。我們相信你，肯定有許多想法、感受！

讀 者 回 函

你可能是各種年齡、各種職業、各種學校、各種收入的代表，

這些社會身分雖然不重要，但是，我們希望在下一本書中也能找到你。

名字／＿＿＿＿＿＿性別／□女 □男　出生／＿＿年＿＿月＿＿日

教育程度／＿＿＿＿＿＿

職業：□學生　□教師　□內勤職員　□家庭主婦

□SOHO族　□企業主管　□服務業　□製造業

□醫藥護理　□軍警　□資訊業　□銷售業務

□其他＿＿＿＿＿＿　＿＿＿＿＿＿

E-mail/＿＿＿＿＿＿電話/

聯絡地址:＿＿＿＿＿＿

你如何發現這本書的？　書名：一個人吃太飽

□書店閒逛時＿＿＿書店 □不小心在網路書站看到（哪一家網路書店？）＿＿＿

□朋友的男朋友（女朋友）灑狗血推薦 □大田電子報或網站

□部落格版主推薦＿＿＿＿＿＿

□其他各種可能 ，是編輯沒想到的＿＿＿＿＿＿

你或許常常愛上新的咖啡廣告、新的偶像明星、新的衣服、新的香水……

但是，你怎麼愛上一本新書的？

□我覺得還滿便宜的啦！ □我被內容感動 □我對本書作者的作品有蒐集癖

□我最喜歡有贈品的書 □老實講「貴出版社」的整體包裝還滿合我意的 □以上皆非

□可能還有其他說法，請告訴我們你的說法

＿＿＿＿＿＿

你一定有不同凡響的閱讀嗜好，請告訴我們：

□哲學　□心理學　□宗教　□自然生態　□流行趨勢　□醫療保健

□財經企管　□史地　□傳記　□文學　□散文　□原住民

□小說　□親子叢書　□休閒旅遊　□其他＿＿＿＿＿＿

一切的對談，都希望能夠彼此了解，

非常希望你願意將任何意見告訴我們：

大田出版有限公司編輯部 感謝您！

＊請沿虛線剪下，對摺裝訂寄回，謝謝！